徳間文庫

時代小説アンソロジー

大江戸猫三昧

澤田瞳子 編

池波正太郎　海野　弘
岡本綺堂　小松重男
島村洋子　高橋克彦
平岩弓枝　古川　薫
光瀬　龍　森村誠一

徳間書店

目次

猫騒動

岡本綺堂

岡本　綺堂（おかもと・きどう）

１８７２年東京都生まれ。東京府中学校卒。卒業と同時に東京日日新聞社に入社。のち中央新聞社、絵入日報社、東京新聞社と移り、東京日日新聞社に再勤ののち東京毎日新聞社に移る。その間、劇評の傍ら劇作に励み、いわゆる〝新歌舞伎〟と呼ばれる新作を数多く発表。小説も執筆し、１９１６年から『半七捕物帳』を発表、捕物帳の先駆者となる。30年同人誌「舞台」を創刊。句人としても活躍。37年帝国芸術院会員。39年死去。享年66。

一

　半七老人の家には小さい三毛猫が飼ってあった。二月のあたたかい日に、私がぶらりと訪ねてゆくと、老人は南向きの濡縁に出て、自分の膝の上にうずくまっている小さい動物の柔らかそうな背をなでていた。

「可愛らしい猫ですね」

「まだ子供ですから」と、老人は笑っていた。「鼠を捕る知恵もまだ出ないんです」

　明るい白昼の日が隣りの屋根の古い瓦を照らして、どこやらで猫のいがみ合う声がやかましく聞えた。老人は声のする方をみあげて笑った。

「こいつも今にああなって、猫の恋とかいう名を付けられて、あなた方の発句の種になるんですよ。猫もまあこの位の小さいうちが一番可愛いんですね。これが化けそうに大きくなると、もう可愛いどころか、憎らしいのを通り越して何だか薄気味が悪くなりますよ。むかしから猫が化けるということをよく云いますが、ありゃあほんとうでしょうか」

「さあ、化け猫の話は昔からたくさんありますが、嘘かほんとうか、よく判りませんね」と、わたしはあいまいな返事をして置いた。相手が半七老人であるから、どんな生きた証拠をもっていないとも限らない。迂闊にそれを否認して、飛んだ揚げ足を取られるのも口惜しいと思ったからであった。

しかし老人もさすがに猫の化けたという実例を知っていないらしかった。彼は三毛猫を膝からおろしながら云った。

「そうでしょうね。昔からいろいろの話は伝わっていますが、誰もほんとうに見たという者はないんでしょうね。けれども、わたしはたった一度、変なことに出っくわしましたよ。なに、これもわたしが直接に見たという訳じゃないんですけれど、どうも嘘じゃないらしいんです。なにしろ其の猫騒動のために人間が二人死んだんですからね。考えてみると、恐ろしいこってす」

「猫に喰い殺されたのですか」

「いや、咬い殺されたというわけでもないんです。それが実に変なお話でね、まあ、聴いてください」

いつまでも膝にからみ付いている小猫を追いやりながら、老人はしずかに話し出した。

文久二年の秋ももう暮れかかって、芝神明宮の生姜市もきのうで終ったという九月二十二日の夕方の出来事である。神明の宮地から遠くない裏店に住んでいるおまきという婆さんが頓死した。おまきは寛政申年生まれの今年六十二で、七之助という孝行な息子をもっていた。彼女は四十代で夫に死に別れて、それから女の手ひとつで五人の子供を育てあげたが、総領の娘は奉公先で情夫をこしらえて何処へか駈け落ちをしてしまった。長男は芝浦で泳いでいるうちに沈んだ。次男は麻疹で命を奪られた。三男は子供のときから手癖が悪いので、おまきの方から追い出してしまった。

「わたしはよくよく子供に運がない」

おまきはいつも愚痴をこぼしていたが、それでも末っ子の七之助だけは無事に家に残っていた。しかも彼は姉や兄たちの孝行を一人で引き受けたかのように、肩揚げのおりないうちからよく働いて、年を老った母を大切にした。

「あんな孝行息子をもって、おまきさんも仕合わせ者だ」

子供運のないのを悔んでいたおまきが、今では却って近所の人達から羨まれるようになった。七之助は魚商で、盤台をかついで毎日方々の得意先を売りあるいていたが、今年二十歳になる若いものが見得も振りもかまわずに真っ黒になって稼いでいるので、棒手振りの小商いながらもひどい不自由をすることもなくて、母子ふたりが水いらずで仲よく暮していた。親孝行ばかりでなく、七之助は気のあらい稼業に似合わない、おとなしい素直な質で、近所の人達にも可愛がられていた。

それに引き替えて、母のおまきは近所の評判がだんだんに悪くなった。彼女は別に人から憎まれるような悪い事をしなかったが、人に嫌われるような一つの癖をもっていた。おまきは若いときから猫が好きであったが、それが年をとるにつれていよいよ烈しくなって、この頃では親猫子猫あわせて十五六匹を飼っていた。勿論、猫を飼うのは彼女の自由で、誰もあらためて苦情をいうべき理由をもたなかった。そのたくさんの猫が狭い家いっぱいに群がっているのが、見る人の目には薄気味の悪いような一種不快の感をあたえることがあっても、それだけではまだ飼主に対して苦情を持ち込む有力の理由とは認められなかった。併したくさんの動物は決して狭い家の中にばかりおとなしく竦んではいなかった。彼等はそこらへのその這い出して、近所隣りの台所をあらした。おまき婆さんが幾ら十分の食い物を宛がって置いても、彼等はやはり盗み食いを止めなかった。

こうなると、苦情の理由が立派に成り立って、近所からたびたびねじ込まれた。その都度おまきも詫びた。七之助もあやまった。併しおまきの家のなかの猫の啼き声はやはり絶えないので、誰が云い出したとも無しに、彼女は近所の口の悪い人達から猫婆という綽名を与えられてしまった。本人のおまきはともあれ、七之助は母の異名を聴くたびにいやな思いをさせられるに相違なかった。が、おとなしい彼は母を諫めることも出来なかった。無論、近所の人と争うことも出来なかった。彼は畜生の群れと一緒に寝て起きて、黙っておとなしく稼いでいた。

この頃は七之助が商売から帰ってくる時に、その盤台にかならず幾尾かの魚が残っているのを、近所の人達が不思議に思った。

「七之助さん、きょうもあぶれかい」と、ある人が訊いた。

「いいえ、これは家の猫に持って帰るんです」と、七之助はすこし極りが悪そうに答えた。河岸から仕入れて来た魚をみんな売ってしまう訳には行かない。飼い猫の餌食として必ず幾尾かを残して帰るように、母から云い付けられていると彼は話した。

「この高い魚をみんな猫の餌食に……。あの婆さんも勿体ねえことをするな」と、聴いた人もおどろいた。その噂がまた近所に広まった。

「あの息子もおとなしいから、おふくろの云うことを何でも素直にきいているんだろうが、この頃の高い魚を毎日あれほどずつ売り残して来ちゃあ、いくら稼いでも追いつくめえ。あの婆さんは生みの息子より畜生の方が可愛いのかしら。因果なことだ」

近所の人達は孝行な七之助に同情した。そうして、その反動として誰も彼も猫婆のおまきに反感をもつようになった。近所から嫌われていたおまきが此の頃だんだんと近所から憎まれるようになって来た。猫はいよいよ其の反感を挑発するように、この頃はいたずらが烈しくなって、どこの家でも遠慮なしにはいり込んだ。障子を破られた家もあった。魚を盗まれた家もあった。その啼き声が夜昼そうぞうしいと云うので、南隣りの人はとうとう引っ越してしまった。北隣りには大工の若い夫婦が住んでいるが、その女房も隣りの猫にはあぐね果てて、どこかへ引っ越したいと口癖のように云っていた。

「何とかしてあの猫を追い払ってしまおうじゃないか。息子も可哀そうだし、近所も迷惑だ」

長屋のひとりが堪忍袋の緒を切ってこう云い出すと、長屋一同もすぐに同意した。直接に猫婆に談判しても容易に埒があくまいと思ったので、月番の者が家主のところへ行って其の事情を訴えて、おまきが素直に猫を追いはらえばよし、さもなければ店を立を食わしてくれと頼んだ。家主ももちろん猫婆の味方ではなかった。早速おまきを呼びつけて、長屋じゅうの者が迷惑するから、お前の家の飼い猫をみんな追い出してしまえと命令した。もし不承知ならば即刻に店を明け渡して、どこへでも勝手に立ち退けと云った。

家主の威光におされて、おまきは素直に承知した。

「いろいろの御手数をかけて恐れ入りました。猫は早速追い出します」

しかし今まで可愛がって育てていたものを、自分が手ずから捨てにゆくには忍びないから、御迷惑でも御近所の人たちにお願い申して、どこかへ捨てて来て貰いたいと彼女は嘆いた。それも無理はないと思ったので、家主はそのことを長屋の者に伝えると、おまきの隣りに住んでいる彼の大工のほかに二人の男が連れ立って、おまきの家へ猫を受け取りに行った。猫は先頃子を生んだので、大小あわせて二十匹になっていた。

「どうも御苦労さまでございます。では、なにぶんお願い申します」

おまきはさのみ未練らしい顔を見せないで、家じゅうの猫を呼びあつめて三人に渡した。その猫どもを三つに分けて、ある者は炭の空き俵に押し込んだ。ある者は大風呂敷に包んだ。めいめいがそれを小脇に引っかかえて路地を出てゆくうしろ姿を、おまきは見送ってニヤリと笑った。

「わたしは見ていましたけれど、その時の笑い顔は実に凄うござんしたよ」と、大工の女房のお初があとで近所の人達にそっと話した。

猫をかかえた三人は思い思いの方角へ行って、なるべく寂しい場所を選んで捨てて来た。

「まずこれでいい」

そう云って、長屋の平和を祝していた人達は、そのあくる朝、大工の女房の報告におどろかされた。

「隣りの猫はいつの間にか帰って来たんですよ。夜なかに啼く声が聞えましたもの」

「ほんとうかしら」

おまきの家を覗きに行って、人々は又おどろいた。猫の眷族はゆうべのうちに皆帰って来たらしく、さながら人間の無智を嘲るように家中いっぱいに啼いていた。おまきに訊いても要領を得なかった。自分もよく知らないが、なんでもゆうべの夜中にどこからか帰って来て、縁の下や台所の櫺子窓からぞろぞろと入り込んだものらしいと云った。猫は自分の家へかならず帰るという伝説があるから、今度は二度と帰られないようなところへ捨てて来ようというので、かの三人は行きがかり上、一日の商売を休んで品川のはずれや王子の果てまで再び猫をかかえ出して行った。

それから二日ばかりおまきの家に猫の声が聞えなかった。

二

神明の祭礼(まつり)の夜であった。おなじ長屋に住んでいる鋳掛(いかけ)錠前直しの職人の女房が七歳(ななつ)になる女の児をつれて、神明のお宮へ参詣(さんけい)に行って、四ツ（午後十時）少し前に帰って来ると、その晩は月が冴えて、明るい屋根の上に露が薄白く光っていた。

「あら、阿母(おっか)さん」

女の児はなにを見たか、母の袂(たもと)をひいて急に立ちすくんだ。女房もおなじく立ち停まった。猫婆の屋根の上に小さい白い影が迷っているのであった。それは一匹の白猫で、しかも前脚二本を高くあげて、後脚二本は人間のように突っ立っているのを見た時に、女房もはっと息をのみ込んだ。かれは娘を小声で制して、しばらくそっと窺(うかが)っていると、猫は長い尾を引き摺(ず)りながら、踊るような足取りで板葺(こけら)屋根の上をふらふらと立ってあるいた。女房はぞっとして鶏肌(とりはだ)になった。猫が屋根を渡りきって、その白い影がおまきの家の引窓のなかに隠れたのを見とどけると、彼女は娘の手を強く握って転げるように自分の家へかけ込んで、引窓や雨戸を厳重に閉めてしまった。

　亭主は夜遅く帰って来て戸をたたいた。女房がそっと起きて来て、今夜自分が見とどけた怪しい出来事を話すと、祭礼の酒に酔っている亭主はそれを信じなかった。

「べらぼうめ、そんなことがあるもんか」

　女房の制めるのもきかずに、彼はおまきの台所へ忍んで行って、内の様子を窺っていると、やがておまきの嬉しそうな声がきこえた。

「おお、今夜帰って来たのかい、遅かったねえ」

　これに答えるような猫の啼き声がつづいて聞えた。亭主もぎょっとして、酒の酔いが少しさめて来た。彼はぬき足をして家へ帰った。

「ほんとうに立って歩いたか」

「あたしも芳坊も確かに見たんだもの」と、女房も顔をしかめてささやいた。小さい娘のお芳もそれに相違ないとふるえながら云った。

　亭主もなんだか薄気味が悪くなって来た。ことに彼は猫を捨てに行った一人であるだけに、いよいよ好い心持がしなかった。彼はまた酒を無暗に飲んで酔い倒れてしまった。女房と娘とはしっかり抱き合ったままで、夜のあけるまでおちおち睡られなかった。

　おまきの家の猫はゆうべのうちにみな帰っていた。ことに鋳掛屋の女房の話を聴いて、長屋じゅうの者は眼をみあわせた。普通の猫が立ってあるく筈はない、猫婆の家の飼猫は化け猫に相違ないということに決められてしまった。その噂が家主の耳へもはいったので、彼も薄気味が悪くなった。彼は再びおまき親子にむかって立ち退きを迫ると、おまきは自分の夫の代から住み馴れている家を離れたくない。猫はいかようにも御処分なすっても好いから、どうか店立（たなだて）をゆるして貰いたいと涙をこぼして家主に嘆いた。そうなると、家主にも不憫（ふびん）が出て、たってこの親子を追い払うわけにも行かなかった。

「ただ捨てて来るから、又すぐ戻って来るのだ。今度は二度と帰られないように重量（おもし）をつけて海へ沈めてしまえ。こんな化け猫を生かして置くと、どんな禍いをするか知れない」

　家主の発議で、猫は幾つかの空き俵に詰め込まれ、これに大きい石を縛りつけて芝浦の海へ沈められることになった。今度は長屋じゅうの男という男は総出になって、おまきの家へ二十四の猫を受け取りに行った。重量をつけて海の底へ沈められては、さすがの猫ももう再び浮かび上がれないものとおまきも覚悟したらしく、人々にむかって嘆願した。

「今度こそは長の別れでございますから、猫に何か食べさしてやりとうございます。どうぞ少しお待ち下さい」

　彼女は二十四の猫を自分のまわりに呼びあつめた。きょうは七之助も商売を休んで家にいたので、おまきは彼に手伝わせて何か小魚を煮させた。飯と魚とを皿に盛り分けて、一匹ずつの前にならべると、猫は鼻をそろえて一度に食いはじめた。彼等は飯を食った。肉を食った。骨をしゃぶった。一匹ならば珍らしくない、しかも二十四が一度に喉を鳴らし、牙をむき出して、めいめいの餌食を忙がしそうに啖っているありさまは、決して愉快な感じを与えるものではなかった。気の弱いものにはむしろ凄愴いようにも思われた。白髪の多い、頬骨の高いおまきは、伏目にそれをじっと眺めながら、ときどきそっと眼を拭いていた。

　おまきの手から引き離された猫の運命は、もう説明するまでもなかった。万事が予定の計画通りに運ばれて、かれらは生きながら芝浦の海の底へ葬られてしまった。それから五、六日を経っても猫はもう帰って来なかった。長屋じゅうの者はほっとした。

　併しおまきは別にさびしそうな顔もしていなかった。七之助は相変らず盤台をかついで毎日の商売に出ていた。その猫を沈められてから丁度七日目の夕方におまきは頓死したのであった。

それを発見したのは、北隣りの大工の女房のお初で、亭主は仕事からまだ帰って来なかったが、いつもの慣習で彼女は格子に錠をおろして近所まで用達に行った。南隣りは当時空家であった。したがって、おまきの死んだ当時の状況は誰にも判らなかったが、お初の云うところによると、かれが外から帰って来て、路地の奥へ行こうとする時に、おまきの家の入口に魚の盤台と天秤棒とが置いてあるのを見た。七之助が商売から戻って来たものと推量した彼女は、その軒下を通り過ぎながら声をかけたが、内には返事がなかった。秋の夕方はもう薄暗いのに、内には灯をともしていなかった。暗い家のなかは墓場のように森と沈んでいた。一種の不安に襲われて、お初はそっと内をのぞくと、入口の土間には人がころげているらしかった。怖々ながら一と足ふみ込んで透かして視ると、そこに転げているのは女であった。猫婆のおまきであった。お初は声をあげて人を呼んだ。

その叫びを聞き付けて近所の人も駈けて来た。猫婆が死んだという噂が長屋じゅうから裏町まで伝わって、家主もおどろいて駈け付けた。一と口に頓死というけれど、実際は病気で死んだのか、人に殺されたのか、それがまだ判然しなかった。

「それにしても息子はどうしたんだろう」

盤台や天秤棒がほうり出してあるのを見ると、七之助はもう帰って来たらしいが、どこに何をしているのか、この騒ぎのなかへ影を見せないのも不思議に思われた。ともかくも医者を呼んで来て、おまきの死骸をあらためて貰うと、からだに異状はない、頭の脳天よりは少し前の方に一カ所の打ち傷らしいものが認められるが、それも人から打たれたのか、あるいは上がり端から転げ落ちるはずみに何かで打ったのか、医者にも確かに見極めが付かないらしく、結局おまきは卒中で倒れたということになった。病死ならば別にむずかしいこともないと、家主もまず安心したが、それにしても七之助のゆくえが判らなかった。

「息子はどうしたんだろう」

おまきの死骸を取りまいて、こうした噂が繰り返されているところへ、七之助が蒼い顔をしてぼんやり帰って来た。隣り町に住んでいる同商売の三吉という男もついて来た。三吉はもう三十以上で、見るからに気の利いた、威勢の好い男であった。

「いや、どうも皆さん。ありがとうございました」と、三吉も人々に挨拶した。「実は今、七之助がまっ蒼になって駈け込んで来て、商売から帰って家へはいると、おふくろが土間に転がり落ちて死んでいたが、一体どうしたらよかろうかと、こう云うんです。そりゃあ俺のところまで相談に来ることはねえ、なぜ早く大屋さんやお長屋の人達にしらせて、なんとか始末を付けねえんだと叱言を云ったような訳なんですが、なにしろまだ年が若けえもんですから、唯もう面喰らってしまって、夢中で私のところへ飛んで来たという。それもまあ無理はねえ、ともかくもこれから一緒に行って、皆さんに宜しくおねがい申してやろうと、こうして出てまいりましたものでございますが、一体まあどうしたんでございましょうね」

「いや、別に仔細はない。七之助のおふくろは急病で死にました。お医者の診断では卒中だということで……」と、家主はおちつき顔に答えた。

「へえ、卒中ですか。ここのおふくろは酒も飲まねえのに、やっぱり卒中なんぞになりましたかね。おっしゃる通り、急死というのじゃあどうも仕方がございません。七之助、泣いてもしようがねえ、寿命だとあきらめろよ」と、三吉は七之助を励ますように云った。

七之助は窮屈そうにかしこまって、両手を膝に突いたままで俯向いていたが、彼の眼にはいっぱいの涙を溜めていた。ふだんから彼の親孝行を知っているだけに、みんなも一入のあわれを誘われた。猫婆の死を悲しむよりも、母をうしなった七之助の悲しみを思いやって、長屋じゅうの顔は陰った。女たちはすすり泣きをしていた。

その晩は長屋じゅうの者があつまって通夜をした。七之助はまるで気抜けがしたようにぼんやりとして、隅の方に小さくなっているばかりで碌々口も利かなかった。それがいよいよ諸人の同情をひいて、葬式一切のことは総て彼の手を煩わさずに、長屋じゅうの者がみんな始末してやることにした。七之助はおどおどしながら頻りに礼を云った。

「こうして皆さんが親切にして下さるんだから、何もくよくよすることはねえ。猫婆なんていうおふくろは生きていねえ方が却って好いかも知れねえ。お前もこれから一本立ちになってせいぜい稼いで、みなさんのお世話で好い嫁でも持つ算段をしろ」と、三吉は平気で大きな声で云った。

　仏の前で掛け構い無しにこんなことを云っても、誰もそれを咎める者もないほどに、不運なおまきは近所の人達の同情をうしなっていた。さすがに口を出して露骨には云わないが、人々の胸にも三吉とおなじような考えが宿っていた。それでも一個の人間である以上、猫婆は飼猫とおなじような残酷な水葬礼には行なわれなかった。おまきの死骸を収めた早桶は長屋の人達に送られて、あくる日の夕方に麻布の小さな寺に葬られた。

　それは小雨のような夕霧の立ち迷っている夕方であった。おまきの棺が寺へゆき着くと、そこにはほかにも貧しい葬式があって、その見送り人は徐々に帰りかかるところであった。おまきの葬式は丁度それと入れ違いに本堂に繰り込むと、前に来ていた見送り人はやはり芝辺の人達が多かったので、あとから来たおまきの見送り人と顔馴染みも少なくなかった。

「やあ、おまえさんもお見送りですか」

「御苦労さまです」

こんな挨拶が方々で交換された。そのなかに眼の大きな、背の高い男がいて、彼はおまきの隣りの大工に声をかけた。

「やあ、御苦労。おまえの葬式は誰だ」

「長屋の猫婆さ」と、若い大工は答えた。

「猫婆……。おかしな名だな。猫婆というのは誰のこった」と、彼はまた訊いた。

猫婆の綽名の由来や、その死にぎわの様子などを詳しく聴き取って、彼は仔細らしく首をかしげていたが、やがて大工に別れを告げて一と足さきに寺の門を出た。かれは手先の湯屋熊であった。

三

「どうもその猫ばばあの死に様がちっと変じゃありませんかね」

湯屋熊の熊蔵はその晩すぐに神田の三河町へ行って、親分の半七のまえできょう聞き出して来た猫婆の一件を報告した。半七は黙って聴いていた。

「親分、どうです。変じゃありませんかね」

「むむ、ちっと変だな。だが、てめえの挙げて来るのに碌なことはねえ。この正月にもてめえの家の二階へ来る客の一件で飛んでもねえ汗をかかせられたからな。うっかり油断はできねえ。まあ、もうちっと掘(ほじ)くってから俺のとこへ持って来い。猫婆だって生きている人間だ。いつ頓死をしねえとも限らねえ」

「ようがす、わっしも今度は真剣になって、この正月の埋め合わせをします」

「まあ、うまくやって見てくれ」

熊蔵を帰したあとで、半七はかんがえた。熊蔵の云うことも馬鹿にならない、家主の威光と大勢の力とで、猫婆が生みの子よりも可愛がっていたたくさんの猫どもを無体にもぎ取って、それを芝浦の海の底に沈めた。それから丁度七日目に猫婆が不意に死んだ。猫の執念とか、なにかの因縁とかいえば云うものの、そこに一種の疑いがないでもない。これはそそっかしい熊蔵一人にまかせては置かれないと思った。彼はあくる朝すぐに愛宕下の熊蔵の家をたずねた。

熊蔵の家が湯屋であることは前にも云った。併し朝がまだ早いので、二階にあがっている客はなかった。熊蔵は黙って半七を二階に案内した。

「大層お早うごぜえましたね。なにか御用ですか」と、彼は小声で訊いた。

「実はゆうべの一件で来たんだが、なるほど考えてみるとちっとおかしいな」

「おかしいでしょう」

「そこで、おめえは何か睨んだことでもあるのか」

「まだ其処までは手が着いていねえんです。なにしろ、きのうの夕方聞き込んだばかりですから」と、熊蔵は頭を掻いた。

「猫婆がまったく病気で死んだのなら論はねえが、もしその脳天の傷に何か曰くがあるとすれば、おめえは誰がやったと思う」

「いずれ長屋の奴らでしょう」

「そうかしら」と、半七は考えていた。「その息子という奴がおかしくねえか」

「でも、その息子というのは近所でも評判の親孝行だそうですぜ」

　評判の孝行息子が親殺しの大罪を犯そうとは思われないので、半七も少し迷った。しかし猫婆がともかくも素直に猫を渡した以上、長屋の者がかれを殺す筈もあるまいと思われた。息子の仕業でも無し、長屋の者どもの仕業でもないとすれば、猫婆の死は医者の診断の通り、やはり卒中の頓死ということに決めてしまうよりほかはなかったが、半七の疑いはまだ解けなかった。いくら年が若いといっても、息子はもう二十歳にもなっている。母の死を近所の誰にも知らせないで、わざわざ隣り町の同商売の家まで駈けて行ったということが、どうも彼の腑に落ちなかった。と云って、それほどの孝行息子がどうして現在の母を残酷に殺したか、その理窟はなかなか考え出せなかった。

「なにしろ、もう一度頼んでおくが、おめえよく気をつけてくれ。五、六日経つと、おれが様子を訊きに来るから」

　半七は念を押して帰った。九月の末には雨が毎日降りつづいた。それから五日ほど経つと、熊蔵の方からたずねて来た。

「よく降りますね。早速ですが例の猫ばばあの一件はなかなか当りが付きませんよ。息子は相変らず毎日かせぎに出ています。そうして、商売を早くしまって、帰りにはきっとおふくろの寺参りに行っているそうで、長屋の者もみんな褒めていますよ。それにね、長屋の奴らは猫婆が斃死って好い気味だぐらいに思っているんですから、誰も詮議をする者なんぞはありゃしません。家主だって自身番だって、なんとも思っていやあしませんよ。そういうわけだから、どうにもこうにも手の着けようがなくなって……」

半七は舌打ちした。

「そこを何とかするのが御用じゃあねえか。もうてめえ一人にあずけちゃあ置かれねえ。あしたはおれが直接に出張って行くから案内してくれ」

あくる日も秋らしい陰気な雨がしょぼしょぼ降っていたが、熊蔵は約束通りに迎いに来た。二人は傘をならべて片門前へ出て行った。

路地のなかは思いのほかに広かった。まっすぐにはいると、左側に大きい井戸があった。その井戸側について左へ曲がると、また鉤の手に幾軒かの長屋がつづいていた。しかし長屋は右側ばかりで、左側の空地は紺屋の干場にでもなっているらしく、所まだらに生えている低い秋草が雨にぬれて、一匹の野良犬が寒そうな顔をして餌をあさっていた。

「此処ですよ」と、熊蔵は小声で指さした。猫婆の南隣りはまだ空家になっているらしかった。二人は北隣りの大工の家へはいった。熊蔵は大工を識っていた。

「ごめん下さい。悪いお天気です」

外から声をかけると、若い女房のお初が出て来た。熊蔵は框(かまち)に腰をかけて挨拶した。途中で打ち合わせがしてあるので、熊蔵はこの頃この近所へ引っ越して来た人だと云って半七をお初に紹介した。そうして、今度引っ越して来た家はだいぶ傷(いた)んでいるので、こっちの棟梁(とうりょう)に手入れをして貰いたいと云った。その尾について、半七も丁寧に云った。

「何分こっちへ越してまいりましたばかりで、御近所の大工さんにだれもお馴染みがないもんですから、熊さんに頼んでこちらへお願いに出ましたので……」

「左様でございましたか。お役には立ちますまいが、この後(のち)ともに何分よろしくお願い申します」

得意場が一軒ふえることと思って、お初は笑顔をつくって如才なく挨拶した。二人を無理に内に招じ入れて、煙草盆や茶などを出した。外の雨の音はまだ止まなかった。昼でも薄暗い台所では鼠の駈けまわる音がときどきに聞えた。

「お宅も鼠が出ますねえ」と、半七は何気なく云った。

「御覧の通りの古い家だもんですから、鼠があばれて困ります」と、お初は台所を見返って云った。

「猫でもお飼いになっては……」

「ええ」と、お初はあいまいな返事をしていた。彼女の顔には暗い影がさした。

「猫といえば、隣りの婆さんの家はどうしましたえ」と、熊蔵は横合いから口を出した。「息子は相変らず精出して稼いでいるんですか」

「ええ、あの人は感心によく稼ぎますよ」

「こりゃあ此処だけの話だが……」と、熊蔵は声を低めた。「なんだか表町の方では変な噂をしているようですが……」

「へえ、そうでございますか」

お初の顔色がまた変った。

「息子が天秤棒でおふくろをなぐり殺したんだという噂で……」

「まあ」

お初は眼の色まで変えて、半七と熊蔵との顔を見くらべるように窺っていた。

「おい、おい、そんな詰まらないことをうっかり云わない方がいいぜ」と、半七は制した。「ほかの事と違って、親殺しだ。一つ間違った日にゃあ本人は勿論のこと、かかり合いの人間はみんな飛んだ目に逢わなけりゃあならない。滅多なことを云うもんじゃあないよ」

眼で知らされて、熊蔵はあわてたように口を結んだ。お初も急に黙ってしまった。一座が少し白らけたので、半七はそれを機に座を起った。

「どうもお邪魔をしました。きょうはこんな天気だから棟梁はお内かと思って来たんですが、それじゃあ又出直して伺います」

お初は半七の家を訊いて、亭主が帰ったら直ぐにこちらから伺わせますと云ったが、半七はあしたまた来るからそれには及ばないと断わって別れた。

「あの女房がはじめて猫婆の死骸を見付けたんだな」と、路地を出ると半七は熊蔵に訊いた。

「そうです。あの嬶、猫婆の話をしたら少し変な面をしていましたね」

「むむ、大抵判った。お前はもうこれで帰っていい。あとは俺が引き受けるから。なに、おれ一人で大丈夫だ」

熊蔵に別れて、半七はそれから他へ用達に行った。そうして、夕七ツ（午後四時）前に再び路地の口に立った。雨が又ひとしきり強くなって来たのを幸いに、かれは頬かむりをして傘を傾けて、猫婆の南隣りの空家へ忍び込んだ。彼は表の戸をそっと閉めて、しめっぽい畳の上にあぐらを掻いて、時々に天井裏へぽとぽとと落ちて来る雨漏の音を聴いていた。くずれた壁の下にこおろぎが鳴いて、火の気のない空家は薄ら寒かった。

ここの家の前を通る傘の音がきこえて、大工の女房は外から帰って来たらしかった。

四

それから又半晌も経ったと思う頃に、濡れた草鞋の音がこの前を通って、隣りの家の門口に止まった。猫婆の息子が帰って来たなと思っていると、果たして籠や盤台を卸すような音がきこえた。

「七ちゃん、帰ったの」

お初が隣りからそっと出て来たらしかった。そうして、土間に立って何か息もつかずに囁いているらしかった。それに答える七之助の声も低いので、どっちの話も半七の耳には聴き取れなかったが、それでも壁越しに耳を引き立てていると、七之助は泣いているらしく、時々は洟をすするような声が洩れた。

「そんな気の弱いことを云わないでさ。早く三ちゃんのところへ行って相談しておいでよ。いいえ、もう一と通りのことはわたしが話してあるんだから」と、お初は小声に力を籠めて、なにか切りに七之助に勧めているらしかった。

「さあ、早く行っておいでよ。じれったい人だねえ」と、お初は渋っている七之助の手を取って、曳きだすようにして表へ追いやった。

七之助は黙って出て行ったらしく、重そうな草鞋の音が路地の外へだんだんに遠くなった。それを見送って、お初は自分の家へはいろうとすると、半七は空家の中から不意に声をかけた。

「おかみさん」

お初はぎょっとして立ちすくんだ。空家の戸をあけてぬっと出て来た半七の顔を見た時に、彼女の顔はもう灰色に変っていた。

「外じゃあ話ができねえ。まあ、ちょいと此処へはいってくんねえ」と、半七は先に立って猫婆の家へはいった。お初も無言でついて来た。

「おかみさん。お前はわたしの商売を知っているのかえ」と、半七はまず訊いた。

「いいえ」と、お初は微かに答えた。

「おれの身分は知らねえでも、熊の野郎が湯屋のほかに商売をもっていることは知っているだろう。いや、知っているはずだ。お前の亭主はあの熊と昵近だというじゃあねえか。まあ、それはそれとして、お前は今の魚商と何をこそこそ話していたんだ」

お初は俯向いて立っていた。

「いや、隠しても知っている。おめえはあの魚商に知恵をつけて、隣り町の三吉のところへ相談に行けと云っていたろう。さっきも熊蔵が云った通り、その晩にあの七之助が天秤棒でおふくろをなぐり殺した。それをおめえは知っていながら、あいつを庇って三吉のところへ逃がしてやった。三吉がまた好い加減なことを云って白らばっくれて七之助を引っ張って来た。さあ、どうだ。この占いがはずれたら銭は取らねえ。長屋じゅうの者はそれで誤魔化されるか知らねえが、おれ達が素直にそれを承知するんじゃあねえ。七之助は勿論のことだが、一緒になって芝居を打った三吉もお前も同類だ。片っ端から数珠つなぎにするからそう思ってくれ」

嵩にかかって、嚇されたお初はわっと泣き出した。かれは土間に坐って、堪忍してくれと拝んだ。

「次第によったら堪忍してやるめえものでもねえが、お慈悲が願いたければ真っ直ぐに白状しろ。どうだ、おれが睨んだに相違あるめえ。おめえと三吉とが同腹になって、七之助の兇状を庇っているんだろう」

「恐れ入りました」と、お初はふるえながら土に手をついた。

「恐れ入ったら正直に云ってくれ」と、半七は声をやわらげた。「そこで、あの七之助はなぜおふくろを殺したんだ。親孝行だというから、最初から巧んだ仕事じゃあるめえが、なにか喧嘩でもしたのか」

「おふくろさんが猫になったんです」と、お初は思い出しても慄然とするというように肩をすくめた。

半七は笑いながら眉を寄せた。

「ふむう。猫婆が猫になった……。それも何か芝居の筋書きじゃあねえか」

「いいえ。これはほんとうで、嘘も詐りも申し上げません。ここの家のおまきさんはまったく猫になったんです。その時にはわたくしもぞっとしました」

恐怖におののいている其の声にも顔色にも、詐りを包んでいるらしくないのは、多年の経験で半七にもよく判った。かれも釣り込まれてまじめになった。

「じゃあ、おまえもここの婆さんが猫になったのを見たのか」

確かに見たとお初は云った。

「それがこういう訳なんです。おまきさんの家に猫がたくさん飼ってある時分には、その猫に喰べさせるんだと云って、七之助さんは商売物のお魚を毎日幾尾ずつか残して、家へ帰っていたんです。そのうちに猫はみんな芝浦の海へほうり込まれてしまって、家には一匹もいなくなったんですけれど、おふくろさんはやっぱり今まで通りに魚を持って帰れと云うんだそうです。七之助さんはおとなしいから何でも素直にあいあいと云っていたんですけれど、良人がそれを聞きまして、そんな馬鹿な話はない、家にいもしない猫に高価い魚をたくさん持って来るには及ばないから、もう止した方がいいと七之助さんに意見しました」

「おふくろはその魚をどうしたんだろう」

「それは七之助さんにも判らないんだそうです。なんでも台所の戸棚のなかへ入れて置くと、あしたの朝までにはみんな失なってしまうんだそうで……。どういうわけだか判らないと云って、七之助さんも不思議がっているので、良人が意地をつけて、物は試しだ、魚を持たずに一度帰ってみろ、おふくろがどうするかと……。七之助さんもとうとうその気になったと見えて、このあいだの夕方、神明様の御祭礼の済んだ明くる日の夕方に、わざと盤台を空にして帰って来たんです。わたくしも丁度そのときに買物に行って、帰りに路地の角で逢ったもんですから、七之助さんと一緒に路地へはいって来て、すぐに別れればよかったんですが、きょうは盤台が空になっているからおふくろさんがどうするかと思って、門口に立ってそっと覗いていると、七之助さんは土間にはいって盤台を卸しました。すると、おまきさんが奥から出て来て……。すぐに盤台の方をじろりと見て……おや、きょうはなんにも持って来なかったのかいと、こう云ったときに、おまきさんの顔が……。耳が押っ立って、眼が光って、口が裂けて……。まるで猫のようになってしまったんです」

　その恐ろしい猫の顔が今でも覗いているかのように、お初は薄暗い奥を透かして息をのみ込んだ。半七も少し煙(けむ)にまかれた。

「はて、変なことがあるもんだな。それからどうした」

「わたくしもびっくりしてはっと思っていますと、七之助さんはいきなり天秤棒を振りあげて、おふくろさんの脳天を一つ打ったんです。急所をひどく打ったと見えて、おまきさんは声も出さないで土間へ転げ落ちて、もうそれ限(ぎ)りになってしまったようですから、わたくしは又びっくりしました。七之助さんは怖い顔をしてしばらくおふくろさんの死骸を眺めているようでしたが、急にまたうろたえたような風で、台所から出刃庖丁(ぼうちょう)を持ち出して、今度は自分の喉を突こうとするらしいんです。もう打捨(うっちゃ)っては置かれませんから、わたくしが駈け込んで止めました。そうして訳を訊きますと、七之助さんの眼にもやっぱりおふくろさんの顔が猫に見えたんだそうです。猫がいつの間にかおふくろさんを喰い殺して、おふくろさんに化けているんだろうと思って、親孝行の七之助さんは親のかたきを取るつもりで、夢中ですぐに撲(ぶ)ち殺してしまったんですが、殺して見るとやっぱりほんとうのおふくろさんで、尻尾(しっぽ)も出さなければ毛も生えないんです。そうすると、どうしても親殺しですから、七之助さんも覚悟を決めたらしいんです」

「婆さんの顔がまったく猫に見えたのか」と、半七は再び念を押すと、お初は自分の眼にも七之助の眼にも確かにそう見えたと云い切った。さもなければ、ふだんから親孝行の七之助が親の頭へ手をあげる道理がないと云った。

「それでも其のうちに正体をあらわすかと思って、死骸をしばらく見つめていましたが、おまきさんの顔はやっぱり人間の顔で、いつまで経っても猫にならないんです。どうしてあの時に猫のような怖い顔になったのか、どう考えても判りません。死んだ猫の魂がおまきさんに乗憑ったんでしょうかしら。それにしても七之助さんを親殺しにするのはあんまり可哀そうですし、もともと良人が知恵をつけてこんなことになったんですから、わたくしも七之助さんを無理になだめて、あの人がふだんから仲良くしている隣り町の三吉さんのところへ一緒に相談に行ったんですが、隣りは空店ですし、路地を出這入りする時にも好い塩梅に誰にも見付からなかったんです。それから三吉さんがいろいろの知恵を貸してくれて、わたくしだけが一と足先へ帰って、初めて死骸を見つけたように騒ぎ出したんです」

「それでみんな判った。そこできょうおれ達が繋がって来たので、お前はなんだかおかしいぞと感づいて、さっき三吉のところへ相談に行ったんだな。そうして七之助の帰って来るのを待っていて、これも三吉のところへ相談にやったんだな。そうだろう。そこで其の相談はどう決まった。七之助をどこへか逃がすつもりか。いや、おまえに訊いているよりも、すぐに三吉の方へ行こう」

半七は雨のなかを隣り町へ急いでゆくと、七之助はけさから一度も姿を見せないと三吉は云った。隠しているかとも疑ったが、まったくそうでもないらしいので、ふと或る事が半七の胸に浮かんだ。彼はそこを出て、更に麻布の寺へ追ってゆくと、おまきの墓の前には新しい卒塔婆(そとば)が雨にぬれているばかりで、そこらに人の影も見えなかった。

あくる日の朝、七之助の死骸が芝浦に浮いていた。それはちょうど長屋の人達がおまきの猫を沈めた所であった。

七之助はもう三吉のところに行かずに、まっすぐに死に場所を探しに行ったのであろう。いくらお初が証人に立っても、母の顔が猫にみえたという奇怪な事実を楯(たて)にして、親殺しの科(とが)を逃がれることはできない。磔刑(はりつけ)に逢わないうちに自滅した方が、いっそ本人の仕合わせであったろうかと半七は思った。自分もまたこうした不運の親孝行息子に縄をかけない方が仕合わせであったと思った。

「お話はまあこういう筋なんですがね」と、半七老人はここで一と息ついた。「それからだんだん調べてみましたが、七之助はまったく孝行者で、とても正気で親殺しなんぞする筈はないんです。隣りのお初という女も正直者で、嘘なんぞ吐くような女じゃありません。そうすると、まったくこの二人の眼にはおまきの顔が猫に見えたんでしょう。猫が乗憑ったのかどうしたのか不思議なこともあるもんですね。それからおまきの家をあらためて見ますと、縁の下から腐った魚の骨がたくさん出ました。猫がいなくなった後も、おまきはやっぱりその食い物を縁の下へほうり込んでいたものと見えます。なんだか気味が悪いので、家主もとうとうその家を取り毀してしまったそうですよ」

黒兵衛行きなさい

古川 薫

古川　薫（ふるかわ・かおる）

1925年山口県生まれ。山口大学教育学部卒。教員、山口新聞編集局長を経て、70年作家生活に入る。幕末における長州の志士達を書いた作品が多く、65年『走狗』で直木賞候補となって以来、『女体蔵志』『塞翁の虹』『十三人の修羅』『野山獄相聞抄』『きらめき侍』『暗殺の森』などを経て、91年10回目の候補となる『漂泊者のアリア』で第104回直木賞を受賞。同年山口県芸術文化振興奨励特別賞も受賞した。主な著作に『獅子の廊下』『炎の塔』『閉じられた海図』『花も嵐も』『幕末長州藩の攘夷戦争』等がある。

一

綾江が、黒兵衛と小声で話しているのを、伊丹仙太郎は、床のなかで聞いた。それは昨夜、自分の腕のなかでささやいたのと、同じ調子のものである。

手をのばして、妻が寝ていた夜具をさぐると、まだかすかに温みがつたわってくる。

わざとらしい咳払（せきばら）いをしていたら、すり足で廊下を急ぐ綾江の気配が近づいてきた。

「おめざめでございますか」

「そなたらの話し声で、目がさめました」

仙太郎は、すねたように、あくびまじりの返事をする。綾江は笑いながら、すこし乱暴に雨戸をあけた。たちまち障子に冬の朝日が射しこみ、彼は寝不足な目をこすりついている。

「さ、きょうは御前試合の日でございましょう。早めにお支度あそばせ」

部屋に入ってきて、明るい声をひびかせる綾江の足元に、例の黒いやつがまとわりついている。

「しっ」と、仙太郎が追い払っても、その黒猫は、床を上げようとする綾江の着物の裾をくわえて仰向けになり、四つ足で宙を掻いている。

「黒兵衛は、むこうへ行ってなさい。旦那さまに叱られますよ」

綾江は白足袋のつま先で、軽く押し退けようとしたが、まだじゃれついているその小動物に、仙太郎が奇妙な嫉妬をおぼえるのも、きょうにはじまったことではない。

伊丹家に綾江が嫁いできて、ちょうど一年になる。仙太郎は、両親を失い、独り暮らしだったので、綾江には姑につかえる苦労がない。そればかりか、実家で飼っていた猫を、嫁入り道具と一緒にはこびこんだのである。

仙太郎は、反対だったが、なにしろ藩の目付役で五百石の家にそだった末娘だからと仲人に説得されて、しぶしぶ承知した。というより綾江の美貌に惹かれて、がまんしたというべきだろう。

家には上げず、庭で飼うという約束だったのに、いつのまにか同居人並みにあつかわれ、座敷を走りまわっている。

黒兵衛と名づけられたその雄猫は、小ぶりだが、全身漆のような黒い毛でおおわれ、目は黄金のように輝いていた。

「黒猫は化けるといいますが、大丈夫ですか」

と、気味悪そうにいう仙太郎を見て、綾江は小鼻にしわをよせながら、「人間ほどには化けませんわ」といたずらっぽく笑った。

綾江が話しかけると、黒兵衛は甘えた声で返事をする。猫などというものは無愛想で、わがままな動物だと仙太郎は思っていた。しかしこの猫は、どうもちがうようだった。人の言葉を聞きわけるのか、黒兵衛は綾江の命令に柔順である。野獣のように気性も激しい。庭に犬が迷いこんでくると、犬嫌いの綾江は、大声で「行きなさい！」と黒兵衛をけしかけるのである。たいていの犬は、爪をむきだしたすさまじい猫の勢いに恐れをなして逃げていく。

二

その朝、仙太郎はすこし早い時刻に家を出た。

「ご武運を祈っておりまする」

綾江は、黒兵衛を抱いている。多少は慣れたせいもあるが、もう諦めてしまっていた。だが、大事な試合があるという日に、妻と視線をあわせるようにして自分をにらむ黒猫の目を見たとき、仙太郎はふと何か不吉な予感が、一瞬胸をよぎるのを感じて困惑した。

ペリー来航以来、外国への危機感がたかまって、内海に面するこの藩では、海防にも力を入れはじめ、これまではあまりなかった調練が実施され、藩主臨席の剣術試合も五年ぶりにもよおされることになった。

最後に勝ちのこった者は、たまたま空席になっている藩校の剣術師範に、加増のうえ採用するという。腕におぼえのある藩士は、当然その地位にあこがれた。

仙太郎は五十石足らずの藩士だが、新陰流の免許皆伝を受けている。武張ったことの好きな藩の気風そのままに、綾江の父西脇伊織も豪放な人柄で知られていた。娘の綾江を下級の仙太郎にとつがせたのは、彼の腕を見込んでのことだ。

頑張るようにと、伊織からの伝言が届いたのは十日ばかり前のことである。出世欲のない仙太郎は、急に負担を感じはじめたが、あとに退けない自分なりな事情もあった。

おそらく師範の席を仙太郎とあらそうのは、田島啓之助だろうということが、城下のうわさにもなっている。啓之助は、家老の息子である。剣術の師は仙太郎と同じで、折紙も前後して受けた。

啓之助は綾江に懸想し、親も熱心に話をもちこんだが、伊織は「五千石では家格がつりあわぬ」という理由で断わった。実は、女性に関しても、性格的にも、とかくよからぬ風評のある啓之助を、親子で敬遠したのだった。

それ以来、啓之助はまるで恋仇のように伊丹仙太郎を憎み、意地悪な言動をみせる。

「あいつは絶対出世させてやらぬ」とまで公言しているという。仙太郎は、茫洋とした表情で、そんなことは気にもしていない。きょうの試合など相手によってはどうでもよいのだが、やはり啓之助にだけは負けたくない。

三

試合は藩校の武道場でおこなわれた。

だれもが予想したとおり、仙太郎と啓之助が決勝であらそうことになった。

御前試合では面・籠手の防具をつけず、木刀で立ち合うのが藩のしきたりだった。

「始め」の声がかかるやいなや、啓之助は猛然と打ちかかってきた。仙太郎よりひとまわり大きく、剽悍な体格の彼が、大上段からうなりを発して振りおろしてくる艶光りした黒樫の木刀は、組太刀の「五加」でつかうものである。激しい撃ち合いで折れないために、倍ちかくも太くつくられており、長さも三尺はある。

啓之助が、そのような武器をたずさえて出場したことを、検分役はじめそこにいた者は、とっさに気づいた。規定は「得武具」ということになっているから、不正とはいえないが、首をかしげるような空気が、人々のあいだに一瞬揺らいだ。

それをまともに受けると、仙太郎の木刀がへし折れるか、受けそこなえば、頭蓋骨や肩の骨が打ち砕かれてしまう。露骨なまでに殺気を臭わせて挑んでくる啓之助の打ち込みを払いながら、とうとう広い道場の壁ぎわまでも後退した。

（殺される）

心のなかで絶望の叫びをあげたとき、仙太郎は耳もとで、「行きなさい！」という綾江の声を聞いたと思った。その瞬間、凶暴な意志をぎらつかせて木刀を振りあげようとする啓之助の胸元にむかって、小さな黒い塊が襲いかかっていく幻覚に搏たれ、仙太郎はその獣の勢いに誘われて突進した。片膝を折り、敵のみぞおちをねらって激しく突きだした太刀先に、したたかな手ごたえがあった。

床に転がっている啓之助を、仙太郎は呆然と見下ろしている。

「見事である」

藩主の口からもれた感嘆の声も、よくは聞こえなかった。

夕刻ちかく家に帰ると、試合の結果は、もうだれかが注進してきたらしく、薄化粧した顔に、こぼれるような笑みを浮かべて綾江が出迎えた。

「黒兵衛はどこにおります」

彼はいきなりたずねた。

「雀と遊んでいるのでございましょう。呼んでごらんなさいまし」

縁側に立って声をかけると、庭石の上から豹のように跳び降りた猫が、一目散に走ってきた。仙太郎は、ためらわずに、喉を鳴らしているその黒い同居人を、高々と抱きあげたのである。

猫のご落胤（らくいん）

森村誠一

森村　誠一（もりむら・せいいち）

1933年埼玉県生まれ。青山学院大学文学部英米文学科卒。大学卒業後、新大阪ホテルを経てホテル・ニューオータニに勤務。69年『高層の死角』で第15回江戸川乱歩賞を受賞。72年『腐蝕の構造』で第26回日本推理作家協会賞、76年『人間の証明』で第3回角川小説賞を受賞。旧関東軍細菌部隊の実態を扱ったノンフィクション『悪魔の飽食』は大反響を呼びベストセラーとなる。2003年第7回日本ミステリー文学大賞、11年『悪道』で第45回吉川英治文学賞を受賞。主な著作に「棟居刑事」シリーズ、『忠臣蔵』『太平記』『地果て海尽きるまで』等がある。

一

「おや、見馴れない猫だが、どこから入って来たんだい」

五兵衛は門口の猫の鳴き声に誘われて出て来た。店を息子に譲ってから、「横丁の楽隠居」になって悠々自適の余生を過ごしているが、寂しさは否めない。

郷里から裸一貫で飛び出し、脇目も振らず働いたおかげで、表通りの大店の主になったのはよいが、隠居して、朝湯に入り、盆栽の手入れをし、独り碁を打つ以外になにもすることがなくなると、朝早くから夜遅くまで働きづめに働いたあの当時が自分の人生にとって花であったことがおもい知らされる。

どんなに金ができても、金で購えないものがある。あのころは毎日が真剣勝負のようであった。少しでも気を抜くと、商売仇(がたき)に足をすくわれる。

自分がやらなければ、敵にやられてしまう。商売の生き残り競争(サバイバル)は、侍の戦場の命のやりとりよりも厳しい。侍は名誉を重んずるが、町人は生き残るために手段を選ばない。勝つためにはどんな汚い手を使ってもかまわない。

五兵衛がその凄まじい生存競争に打ち勝って、横丁の楽隠居に漕(こ)ぎつけたのは、ライバルの屍(しかばね)を乗り越えた成果である。朝湯と盆栽の手入れと独り碁以外になにもすることのないのんびりした生活は、累々(るいるい)たるライバルの屍の上に成り立っているのである。

それにしてもこれがまあ「終(つひ)の栖(すみか)」かとおもうと五兵衛は虚(むな)しさをおぼえざるを得ない。こんなのびたうどんのような生活が、人生の勝者の証(しる)しなのか。

だが息子は、五兵衛以上の商売人で、彼から引き継いだときよりも店を大きくしている。もはや五兵衛の出る幕はない。いまの五兵衛にとっては、死ぬまでの時間が長すぎるようにおもえた。

こんなに余生が辛いものであると知っていれば、隠居するのではなかったとおもっても後の祭りである。五兵衛はもはや押し出されたところてんのような存在であった。

金もたっぷりある。女を囲う気ならいくらでも囲える身分であるが、五兵衛にはもはやその気はない。隠居して二年後、多年連れ添った女房に死別してから、心身共に急に老け込んだような気がする。いまさら新しい女を引き入れて、気を遣うのが億劫になっている。

　のびたうどんのような生活に虚しさをおぼえてはいても、それを変えようとする気力はない。のびたうどんが固くならないのと同じである。

一見幸せな生活であるが、五兵衛はつまらないとおもった。たっぷりと富をたくわえ、なんの不自由もなく過ごせる晩年であっても、もはや人生に達成しなければならない目的はない。目的のないことが速やかに生色を失わせていく。

（若いころは金が欲しくてたまらなかったが、その金を得てみると、金で買えるものはたかが知れている。いや金で買いたいというものが少なくなっている）

　五兵衛はその金を得るために何人のライバルを葬ったであろうかとおもった。二十人ぐらいまでは数えられたが、それ以上は記憶が霞んでいる。生き残ったおれが、金に囲まれてこんなつまらない生活をしていると知ったら、昔の商売仇はなんと言うだろうな。五兵衛は苦笑した。

　なにもすることがなくなると、五兵衛は縁側に出てぼんやりと空を眺める。江戸の町の営みの気配が伝わってきて、五兵衛の無聊をまぎらしてくれた。季節の物売りの声や、人々の営みの気配が漂って来る。それは五兵衛にとってすでに別世界の気配である。

五兵衛の離れ家に母屋の飼い猫がよく遊びに来るようになった。全身ふさふさした白い毛に覆われ、一見白い毛鞠のようである。首の周囲の毛並みがひと際美しく、豪勢な白い毛皮の襟巻きをしているように見える。左の目が青、右の目が金色に光っている。丸顔に鼻がしゃくれ上がり、鼻の頭が桜色に濡れている。

五兵衛の息子が江戸中に一匹しかいないというこの異体の南蛮猫を取引先から譲ってもらってきた。息子はこれを福猫と呼んで珍重した。今日のペルシャ猫のオッドアイである。

だが商売に利用されていると知っているのか、福猫は母屋をよく抜け出して五兵衛の許へ遊びに来た。母屋から迎えに来ても帰りたがらない。五兵衛に懐いているのである。五兵衛はなにもすることがない時間を、このシロと共に過ごした。

日向ぼっこをしながらシロの毛の手入れをしてやると、心地よさそうに目を細めている。五兵衛にはシロが彼の生涯を通して最良の友のような気がした。

その日門口で猫の鳴き声がしたので、またシロが来たのかとおもって見てみると、見馴れぬ三毛猫が足許にすり寄って来た。人懐っこい性格と見えて、初めての五兵衛に体をすり寄せて来る。

「おや、おまえはどこの子だね。見かけない顔だが」

五兵衛が抱き寄せると、体をすり寄せて愛らしく鳴いた。飼い主の手入れがよいらしく、毛はつやつやとして香のにおいがした。五兵衛が初めて嗅(か)ぐ高雅な香りである。首輪をしており、どこかの家の飼い猫らしい。

「おお、いい子だいい子だ。おまえはどこの家の子だね」

五兵衛が問いかけると、猫は鼻面を寄せてきた。まるで人間の言葉を解するかのようである。

そのとき表の方で女の艶(つや)やかな呼び声がした。

「ナナや、ナナはどこへ行ったの。帰っていらっしゃい。かか様はここにおりますよ」

どうやら猫の飼い主が呼んでいるらしい。

「おまえはナナという名前なのかね。お袋様が呼んでいるよ」

五兵衛は猫を抱いたまま、その飼い主を想像した。若く艶っぽい声である。五兵衛の腕の中で猫が甘えた声で鳴いた。五兵衛の腕の中が居心地よいのか、飼い主の呼び声を聞いても、行こうとしない。

「おまえは横着なやつだな」

五兵衛は猫を抱いて門口へ出た。そこに若い婀娜っぽい女が立っていた。

藤色の小袖に緋緞子の帯を締め、軽快な島田髷を結い上げた町方風の女である。齢のころは二十歳か二十一、当時としては年増であるが、娘とも人妻とも見えない。色白で愛嬌のある面立ちをしており、成熟した肢体からこぼれ落ちる色気は尋常ではない。

「まあ、ナナ、このような所にお邪魔していたの。だめよ、ひと様のお宅に黙って入って行っては」

女は五兵衛の腕に抱かれている猫を見て、あたかも人間をたしなめるように言った。

「黙って入って来たわけではありませんよ。ちゃんとにゃあにゃあ挨拶をして入って来た」

五兵衛が言うと、女は身をすくめるようにして、

「人懐っこい子で、どこのお宅にも入って行ってしまうので困ります。猫の好きな方は本能的に見分けるらしく、どちらが飼い主かわからなくなってしまうようなこともありますわ」

女は上品に笑った。なにげない挙措のはしばしに、熟練した色気が漂い、その女の

素性をうかがわせる。それは昨日や今日の付け焼刃の色気ではなかった。長い年季を入れた職業的な色香である。いわゆる男好きのする、女の最大公約数的な性的魅力を持っている。

「おつねと申します。神谷町で踊りをおしえております」

女は自己紹介した。五兵衛は柄になく固くなって挨拶を返した。彼のこれまでの人生でこれほど艶っぽい女に会ったことはない。年甲斐もなく五兵衛はおつねから吹きつけてくるような色気に目の先がくらくらしたように感じた。

「さあ、いつまでもよそ様の腕の中で横着を決めていないで、こちらへいらっしゃい」

おつねが婉然と笑いながらナナを呼んだ。ナナは一声にゃあと鳴いて、五兵衛の腕から飛び下りた。そのまま飼い主の許へ戻るとおもいきや、横の方角へ逸れた。ナナが逸れた方角には、五兵衛の母屋の飼い猫シロがいつの間にか来ていた。

二匹は意気投合したらしく、ひと固まりの毛鞠のようになってじゃれ合っている。

「まあまあ、早速お友達を見つけてしまったわ」

おつねがおかしそうに身体をよじった。猫の毛に染みついていた高雅な香りが、五兵衛の鼻孔を衝いた。

猫の取り持つ縁で五兵衛とおつねは急速に親しくなった。おつねはそれをきっかけに五兵衛の隠居家へよく姿を見せるようになった。

二

訪ねて来る都度、五兵衛の好みそうな弥左衛門町の薄焼きせんべいや、塩瀬の饅頭などを手土産に持って来る。その心尽くしが嬉しい。五兵衛はおつねの来訪を胸ときめかして待つようになった。もはやそのような機会はあるまいとあきらめていた五兵衛にとって、おつねは彼の晩年に咲いた美しい花である。

息子に家業を譲るまでは、店を広くすることばかりに熱心で、女に目を向けるゆとりがなかった。金はできてもまじめ一辺倒で、女の扱い方を知らない。商売仇が小綺麗な女を二、三人囲っているのを横目に見ながら、五兵衛はとてもそんな気になれなかった。

やきもち焼きの細君が元気なせいもあったが、五兵衛自身新しい若い女をつくるのが面倒であった。若い女を欲しいとおもわないではなかったが、それに伴うさまざまな煩わしさをおもうと、億劫になってしまう。結局五兵衛には勇気がなかったのである。

「五兵衛さんは奥様をおもらいになりませんの」

おつねがいたずらっぽげな笑みを含んで問うた。

「この齢で女房などもらっても仕方がないよ」

「あら、どうして」

おつねがさも不思議そうな顔をした。

「なぜって、私はもう隠居の身だ。仕事を隠居しただけでなく、男ももう隠居したんだよ」

五兵衛は苦笑した。

「ご自分でそう決め込んじゃってるんじゃないの。五兵衛さんの齢ならまだ現役の人はいくらでもいるわよ」

おつねは挑発するように言った。

「いまさらそんな生臭い気持ちになれないね」

「五兵衛さんは立派な男だわよ。あたし、若い人嫌いなの。男は五兵衛さんぐらいの年齢にならないと、本当のよさがわからないわ。なんというのかしら、人間に渋味が出てきて、酸(す)いも甘いも嚙(か)み分けるという感じなの」

「噛み分けすぎて歯がぼろぼろになってしまったよ」

「まだ充分に噛める歯よ。なんだったらお試しになったら」

おつねは妖しげな流し目を送った。五兵衛は年甲斐もなく震いつきたくなるような衝動をおぼえた。そんな衝動があったこと自体に五兵衛は驚いている。

「おつねさん、年寄りをからかっちゃあいけないよ」

「私はからかってなんかいませんわ。五兵衛さんが好きなんです。五兵衛さんを見ていると、本当の男の魅力がわかってくるような気がして」

「私の人生はもう終ったとおもっていたんだが」

「これからが本当の人生なのよ。これまで脇目も振らず働いてきて、本当の人生の楽しみから目が逸れていたのよ。私がそれをおしえてあげるわ」

「おつねさん」

五兵衛は声がかすれた。

「まさか、冗談ではあるまいね」

「冗談で女の身からこんな恥ずかしいことを言いますか。五兵衛さん、これ以上私に恥をかかせないでおくれな」

五兵衛の歳月をかけて積み重ねた理性もそれまでであった。五兵衛は目の前に妖しい食虫花のように花弁を開いて喘ぐおつねにむしゃぶりついた。

三

最近江戸で〝上がり込み〟と呼ばれる新手の犯罪が多発していた。これは裕福な老人の家に若い女が上がり込み、その色香にかけて老人をたぶらかし財産をむしり取るものである。

家業を息子に譲り、独りで隠居暮らしをしている老人が狙われた。妻に先立たれ、家族からも切り離され、金だけ持っている独り暮らしの老人が上がり込みの恰好のカモである。寂しい独り暮らしで人恋しい老人は、甘いささやき声で近づいて来る若い女の前にひとたまりもなかった。

女道楽一つせず、働きづめに働いてきた老人ほど、女に対して免疫がない。上がり込みにとってこれらの老人をたぶらかすのは赤子の手をひねるようなものであった。老人を夢中にさせておいて、全財産をむしり取ってドロンを決め込む。

かどわかしと同じで、被害が発生してから届け出られるので、奉行所はいつも後手後手にまわっている。

女と甘い生活をしている間は、老人は騙されているとはおもわない。晩年に転がり込んだ美味しい女に、男冥利に尽きるとばかり鼻の下を緩めっぱなしである。

「旦那、近ごろ流行ってる上がり込みですがね」

知らぬ顔の半兵衛が、八丁堀組屋敷で不景気な顔をしてとぐろを巻いていた祖式弦一郎にささやいた。

「上がり込みがどうかしたかい」

「猫を使っているらしいんで」

「猫を」

「金持ちの年寄りの家にまず猫を送り込むんだそうです。人懐っこい猫で、退屈していた年寄りのいい遊び相手になる。そこへ女が迎えに行くという寸法です」

「猫が猫なで声で近づいて、女に化けるというわけだな」

腕枕をして寝そべっていた弦一郎がいつの間にか起き上がっている。

「そういったわけで」

「たとえ女を捕まえても、お縄にするのは難しいな」

「どうしてで、旦那」

「女は年寄りからもらったと言い張るだろうよ」

「年寄りの財産をがっぽりむしり取って、もらったもねえでしょう」

「いい齢をした年寄りが、若い女の体にありついたんだ。まさかただ乗りしようとはおもうめえ」

「まあ、そりゃそうですがね」

「この世の中の約束事で、男と女の約束ほど当てにならねえものはねえ。年寄りは女がいつまでもそばにいてくれると信じて心を許す。女は年寄りをゆすったわけでもねえ。いやになったから出て来たと言われればそれまでよ。女に男がついていて陰で糸を引いていることでも証拠立てられればべつだがな」

「旦那は女に男がついているとおっしゃるんで」

「女盛りが、横丁の隠居相手じゃ体の火照り（ほて）を鎮められめえ」

「最初から男とつるんでいて、年寄りを騙したとわかりゃ引っくくれますね」

「それほどの女（タマ）だ。めったなことではしっぽを出すめえよ。ところでこれまで何人ぐらいの年寄りがやられてるんだ」

「届け出たのが四人、飯倉の傘問屋武蔵屋の隠居、神田三河町の菓子屋大黒屋の隠居、日本橋通三丁目の薬種問屋唐津屋の隠居、深川八幡通仲町の酒問屋摂津屋の隠居です」

「いずれも聞こえた老舗だな。さぞむしり甲斐があっただろう」

「それもやられた本人が訴え出て来たんじゃありません。あとで家族が気がついて、届け出て来たんでさあ」

「年寄りがむしられたという意識がねえんじゃ、なおのこと女をお縄にできねえな」

「それに憎いじゃありませんか、むしられた年寄りはみんな女がいずれ戻って来ることを信じているんです。女はドロンを決め込む前に、郷里の肉親が病気になったので、様子を見に郷里へ帰るが、すぐに帰って来ると言い残して行ったそうです」

「それじゃ女を捕まえても、帰るつもりだったと言われればそれまでだな」

「余生の少ねえ年寄りを騙すなんて、人間の風上にも置けねえ。なんとかお縄にできねえもんですかね」

「むしられた年寄りも、それだけ楽しい夢を見せてもらったんだ。あながち女を咎められねえぜ。それよりもそんな女に上がり込まれるほど年寄りを独りで放り出しておいた家族が許せねえな」

「そうなんで。届け出て来た身寄りも、女にむしり取られた財産が惜しくて、奉行所に取り返してもらおうってえ魂胆なんで」

「不埒な身寄りどもだ。てめえたちは年寄りの築き上げた身上の上でぬくぬくと暮らしやがっているくせに、年寄りを隠居という形で放(ほ)っぽり出したんだよ。身寄りの者が大切に労(いたわ)っている年寄りには、そんな女がつけ込む隙(すき)はねえはずだ」

「あっしもできることなら身寄りをお縄にしてえくれえで」

「女はいまごろまた新しいカモの所に上がり込んでいるにちげえねえ。いくらため込んだところで、あの世に一文も持って行けるわけでもねえ。それで年寄りが生気を取り戻して少しでも長生きができれば、御(おん)の字じゃねえのかい」

弦一郎はそう言うと大あくびをしてふたたびごろりと横になった。遠方から蚊帳(かや)売りののどかな声が漂って来る。

四

だが上がり込みは老人に甘い夢を見させただけではすまなかった。今年の梅雨はぐずついて、夏が来そうでなかなか来なかった。江戸っ子が楽しみにしている両国の川開きも、雨の中で打ち上げられた。

当日は川を埋めた舟伝いに向こう岸まで歩いて行けるといわれるくらいの賑(にぎ)わいが、川面に隙間が生じて不景気な川開きとなった。

川開きが終って数日後、半兵衛が駆け込んで来た。

「旦那、上がり込みがとうとう人を殺しましたぜ」

注進する半兵衛の声が緊迫している。

「なんだと」

弦一郎は顔色を改めた。

「神田鍋町の金物問屋甲屋(かぶとや)の隠居五兵衛がやられました」

「上がり込みでホトケが出たのは初めてだな。殺しの手口はなんだ」

「それがけったいな死に方でしてね、とにかく現場を見てくだせえ」

半兵衛は急(せ)き立てた。

五兵衛の隠居家は鍋町の裏手の田町一丁目の横丁にある。小綺麗なしもた屋で、庭もついており、手入れの行き届いた盆栽が並べられている。弦一郎が駆けつけたときは、定廻(じょうまわ)りの同心陣場多門と茂平次がすでに先着していた。

五兵衛の死体は庭に面した奥の十畳の寝室にあった。死体を発見したのは、甲屋の下女のおみよ。五兵衛の姿がここ数日見えないという近所の者の報せによって、おみよが様子を見に来て、五兵衛の死体に遭遇した。

それは異様な死に方であった。五兵衛は奥の間に敷かれた寝具の上に真っ裸で仰向けに横たわっていた。よく見ると男の道具の根元が紐で結んである。

弦一郎は部屋に入ると同時に艶っぽい香の香りをかいだ。上がり込んだ女の残り香であろうか。だがその香りの主は見えない。

「若い女を相手に年甲斐もなくふんばりすぎたんでしょうね」

弦一郎の姿を見た多門が寄って来てささやいた。

「腎虚か」

弦一郎は紐で無理やりに奮い立たされた五兵衛の男の残骸ともいうべき部位に痛ましげな視線を向けた。腎虚とは漢方でいう過度の房事による男の衰弱のことである。

「五兵衛は生前石兵衛と渾名されたほどの堅物だったそうです。それが三月前ごろから入り込んだおつねという女に入れ上げていたそうです。めっぽう婀娜っぽい女で、五兵衛はおつねを後妻にしたと身内や近所の者におおっぴらに言っていました」

「そのおつねはどこへ行ったんだね」

「それが五兵衛が姿を見せなくなったのと同時に、消えてしまいました。五兵衛が身辺に置いていたはずの五百両ほどの金がごっそり消えています」

多門の説明に耳を傾けながら、

「こいつは殺しとはいえねえな」

と弦一郎はつぶやいた。

「年寄りに無理を承知で励ませて、結局死なせてしまったのですから、殺しと同じでしょう」

多門が言った。

「殺しと同じでも殺しじゃねえ。本人は自分の意志で励んだんだからな。おや、こいつはなんだ」

弦一郎は五兵衛の死体からなにかをつまみ取った。

「動物の毛のようですね。五兵衛もおつねも猫を飼っていたというから、猫の毛でしょう」

多門は弦一郎の指先に目を向けて言った。

「近ごろ流行りの猫使いの上がり込みだな」

それは半兵衛から聞いた上がり込みの常習犯である。

「殺しじゃねえが、その女は許せねえ」

五兵衛の死体を観察している間に、無表情だった弦一郎の目に怒りの火が点じた。

「旦那、ようやく怒んなすったね。そうこなくちゃ」

半兵衛がかたわらからそそのかすように言った。

「女は甘い言葉をささやいて、枯れた五兵衛をその気にさせた。五兵衛が命がけでふんばったのは、それだけ女がよかったからだろう。女が年寄りをたぶらかしてむしり取っていっても、それだけ甘い目を見させてやれば、文句を言う筋合いはねえ。男と女のことはどうせ当人同士でなければわからねえことよ。だがな、励みすぎて死にかけたか死んだかした五兵衛を放り出して逃げ出して行った女が許せねえ。乳繰りあっていた相手がいきなり死ねば、女は驚くだろうよ。驚いたはずみに逃げ出したとしても、あながち咎められねえ。だがおつねは驚いて逃げたんじゃあねえ。五兵衛が死んだのをいいことに、有り金残らずひっさらってドロンを決めたんだ。そのとき五兵衛に息があれば、手当てを加えて助かったかもしれねえ。おつねは五兵衛を見殺しにしたかもしれねえんだ。これは人間のやることじゃねえよ。放っておけばまた新しいホトケが出るかもしれねえ」

弦一郎の言葉をかたわらから耳をそばだてて聞いていた与力の瀬川主馬が、

「早速おつねの人相書きをつくらせて、各高札場に貼り出させろ」

と言った。

「瀬川様、人相書きを高札場に貼り出すのはお待ちください」

弦一郎が引き止めた。

「なぜいかぬ。放っておけばまた新たなホトケが出るかもしれぬと言ったではないか」

瀬川が反駁した。

江戸の大高札場は日本橋南詰西以下六カ所あり、そのほかに三十五カ所の高札場があった。ここに幕府の最も重要な政策が掲示されたが、さらに今日の指名手配者に当たるお尋ね者や、迷子の人相書きが貼られた。

この江戸各所の高札場や人の集まりそうな髪結床や風呂屋に人相書きを貼り出すと、マスコミ機関の発達していない当時においてはかなりな効果があった。

「おつねに男がいた場合、山城屋の後妻の二の舞いを演ずる虞れがあります」

弦一郎に言われて瀬川ははっとしたようである。男と組んで山城屋の乗っ取りを図ったおよねは、男から口を塞がれた。上がり込みでいま浮かび上がっているのは、おつね一人である。おつねの周辺に男の影は見えない。だが弦一郎はおつねほどの熟れた女が、男がいないはずはないとにらんだ。

「人相書きを配らずば、おつねを野放しにするようなもの。もはや一刻の猶予もならぬ。人相書きを急ぎ貼り出させよ」

瀬川主馬は弦一郎の諫止に耳を貸さなかった。早速これまでの被害者に聞き合わされ、おつねの人相書きが描かれた。人相書きは江戸の各高札場に掲示された。

　人相書きの効果は早かった。茂平次が本所二ツ目相生稲荷の横丁に住む文字とよという踊りの師匠が、上がり込みの女の人相に似ていると聞きつけてきた。

「文字とよか。それで猫は飼っているか」

「おあつらえ向きの三毛を子供同然に可愛がっているそうです」

「男はいるのかい」

「めっぽう婀娜っぽい女で、近所の若旦那やお店者が弟子になって通いつめているそうですが、特に定まった男はいないようです」

「おめえ、文字とよを見たのか」

「まだ見ておりません。まず旦那にご注進申し上げようとすっ飛んで来たんです」

「早耳のおめえが聞きつけたんだ。まだだれの耳にも入っていめえ」

「旦那、しょっ引きますか」

「ここは定廻りに譲ってやれ。上がり込みの女をしょっ引くのに、おれが出て行くこともあるめえ」

　弦一郎は無精を決め込んだ。五兵衛を見殺しにした女に腹を立てたものの、もともと彼は女の捕り物が好きではない。

「みすみす手柄を譲っちまうんですかい」

茂平次が不服顔をした。

「早く行け。おとよに男がいたら、口を塞がれるかもしれねえ」

弦一郎は茂平次の不服に取り合わず促した。茂平次から報せを受けた陣場多門が本所二ツ目相生稲荷の文字とよの家に駆けつけてみると、そこに意外な事件が待っていた。いや、意外というよりは、予測していたと言うべきか。

金持ちの囲われ者の家らしい洒落(しゃれ)たしもた屋の八畳の間で、おとよは首を締められて死んでいた。表と裏から同時に踏み込んだ捕り方は、おとよの艶っぽい死体を見出して茫然(ぼうぜん)とした。

風呂から上がったばかりらしく、洗い髪に浴衣がけのおとよが、涼んでいたところをいきなり襲われたらしい。首に赤い蛇のようなしごきを巻きつけられ、表情は苦悶(くもん)に歪んでいる。裾の乱れは下手人に犯されたのではなく、末期(まつご)のあがきを示しているようである。

「一足遅かったか」

陣場多門は唇を嚙んだ。まさに祖式弦一郎が予測したとおりになってしまった。死体はまだ生々しく、殺されていくらも時間が経過していないことを示す。

「猫が見当たらねえな」

多門が気がついたように周囲を見まわした。おとよが五兵衛の家に上がり込んだおつねであるなら、ナナと呼ぶ飼い猫がいるはずである。近所の者の話でも、おとよは三毛猫を我が子同様に可愛がっていたそうである。

「その辺を探してみろ。びっくりして逃げ出してしまったかもしれねえ」

だが近所を探しても、おとよの飼い猫の姿は見当たらない。

茂平次から報せを受けた弦一郎は現場に出張(でば)って来た。

「旦那が言ったとおりになっちめえましたね」

茂平次が検屍(けんし)に出張って来た瀬川主馬に聞こえよがしに言った。瀬川は聞こえないふりをして検屍をしている。だが弦一郎自身、こうも予測が的中しようとはおもっていなかった。

これでおとよが男の傀儡(かいらい)であることがわかった。これまでの上がり込みはすべて男の差し金によるものであろう。被害者からむしり取った金品は、すべて男に吸い取られているのだろう。おとよの家の中には、目ぼしい金品は見当たらなかった。

「猫がいねえということは、下手人が連れ去ったか、あるいは下手人に従いて行ったのかもしれねえな」

弦一郎は独り言のようにつぶやいた。

「どうして飼い猫だけ連れ去ったんでしょうね」

半兵衛が弦一郎のつぶやきを聞きとめた。

「下手人にも懐いていたのかもしれねえよ」

「女は殺して、猫は助けたのですか」

「猫が勝手に下手人の跡をつけて行ったとすると、猫も危ねえな」

「下手人が猫も殺すというんですか」

「人間を殺したんだ。猫一匹殺すのになんのためらいもねえだろう」

文字とよが取っていた弟子は男ばかり、いずれも近くの道楽息子やお店者である。踊りよりは文字とよの容色にのぼせて、せっせと通っていた。だが文字とよは気まぐれで、弟子を放り出して数日帰って来ないことがあった。そんなときカモの年寄りの家に上がり込んでいたのであろう。

弟子の一人一人を洗ってみたが、すべて消去された。いずれも踊りにかこつけて文字とよに近づき、振りをつけてもらうだけで胸をときめかす小心で純情な男たちであった。文字とよに握られた手を何日も洗わずにいるような連中である。

五

「あれ、この猫は文字とよ師匠の飼い猫ナナじゃねえか」

佐次兵衛は目を見張った。ごみ取り舟に集められてきたごみの山の中に混じってい
た三毛猫の死骸に佐次兵衛は見おぼえがあった。近所の相生稲荷に住む踊りの師匠文
字とよが可愛がっていた飼い猫のナナである。佐次兵衛も文字とよに岡惚(おかぼ)れして、そ
の弟子の末端に連なっている。飼い主が殺されたのと時を同じくして猫も姿を晦(くら)まし
ていた。

なにか悪いものでも食べたらしい。口の端に血がこびりついている。

「これは文字とよ師匠の飼い猫にちがいねえ。毛並がまったくおんなじだ」

佐次兵衛は確信した。

「あーあ、あんなに師匠が可愛がっていたのによ。とうとうごみになり下がったか」

佐次兵衛はごみとして出された猫の死骸に不憫(ふびん)をおぼえた。佐次兵衛は江戸市中の
ごみを取り集め、舟に積み込み、永代浦に捨てる塵芥請負人(ちりあくたうけおいにん)である。

江戸中期にすでに人口百万を突破した世界第一の大都会江戸のごみは膨大な量に達

した。各町四町を一単位にして明会所という特定の場所を設けてそこに町内のごみを取り集めていたが、人口の急増と消費生活の向上によって佐次兵衛のようなごみ処理専門業者に江戸中のごみを一括して取り片づけてもらうようになった。

江戸で最もごみが出る季節は夏である。七夕には市中至る所に立てた豪勢な飾りつけをした竹が翌日一斉にごみとして出される。また盆が終ると精霊棚の茣蓙や蓮の葉や茄子や胡瓜が一斉に捨てられる。大量焼却炉などない時代である。燃えないごみやプラスチックなどはなかったが、生ごみが多くて、暑熱に焙られて腐る。

間もなく夏本番を控え、洪水のようなごみの季節が始まるが、ごみの運搬に舟が足りない。借り舟をしようとしてもごみを運ぶとにおいが染みるといやがられてなかなか舟が借りられない。佐次兵衛にとっては頭の痛い季節がやって来る。

現在の夢の島のようにこのころすでに永代浦をごみで埋め立て、深川の埋立地ができていた。それでも江戸中のごみを捨てきれず、各町内に溢れたごみは、お堀や町の入堀、下水などに捨てられた。幕府は度々それらの場所にごみを捨ててはならぬと町触れを出したが、効果は薄かった。

「この猫の死骸はどこにあったんだ」

佐次兵衛は下請業者の甚五兵衛に尋ねた。

「お堀に浮いていたんでさあ」

甚五兵衛は答えた。甚五兵衛は堀のごみを専門にすくい取る「浮芥定浚請負」である。

塵芥請負人は以前各町内でごみ当番を定めてそれぞれ独自に処理していたごみを一括して取り集め、町内から処理料をもらうので、その利益は莫大になった。そのため少数の独占事業となっていたが、江戸城の堀浚いは面倒でもあり、あまり儲けにならないので、業者は敬遠していた。そこで幕府は浮芥定浚請負を特設して、江戸城をめぐる堀のごみを専門に浚わせている。

「お堀に猫の死骸を投げ込むとは太え野郎だな」

「猫だけじゃないよ。そのうち人間の死骸も投げ込まれるかもしれねえ」

甚五兵衛が言った。佐次兵衛はそのまま猫の死骸をごみ舟に乗せて永代浦へ運ぼうとしたが、八丁堀同心から猫の行方がわかったら連絡しろと言われていたことをおもいだした。

「この猫はお上のお尋ね猫だった」

「お尋ね猫だって。将軍様の召し上がる尾頭付きでもくわえ込んだんですか」

甚五兵衛が驚いた顔をして問い返した。

「おめえ、すまねえが奉行所に走って、文字とよの猫が見つかったと報せてくんな」

佐次兵衛は甚五兵衛の好奇心には直接答えず奉行所への使いを頼んだ。

佐次兵衛から連絡を受けて祖式弦一郎は、猫を見に行った。梅雨末期の蒸し暑い気温の下で、猫は腐りかけていた。

「この猫は子猫を産んで間もねえな。乳首が赤く張ってるぜ。こいつはなにか毒を飲まされたな」

弦一郎は猫の死骸を検めて言った。

「すると、殺されたんで」

半兵衛が問うた。

「とはかぎらねえ、飼い主を殺されて、餌がなくなりひもじさのあまりなにか悪いものを食ったのかもしれねえ。だが文字とよが殺されたのと同時に姿を晦ましたのが気に入らねえな。もし下手人の跡を従いて行ったとすれば、下手人に毒を盛られた疑いが大きい」

「下手人はなぜ猫を殺したんでしょう」

「そんなことがわからねえか。文字とよの飼い猫がまつわりついていたら、自分が下手人だと名乗りをあげているようなもんじゃねえか」

「もし下手人が猫を殺したとすれば、猫が下手人に勝手に従いて行ったんでしょうね」

　茂平次が口をはさんだ。

「そうだな。殺すつもりでわざわざ猫を連れ去るめえからな」

「旦那がおっしゃったように猫は下手人に懐いていたんでしょうかね」

「たぶんそういうことだろう。すぐ殺さなかったのも、ためらっていたんだろうな。文字とよが殺されてから、猫の死骸が現れるまで半月ほど経っている。下手人は現場から逃げ出した後、猫が従いて来たのに気がつかなかったんじゃねえのかな。自分の家に逃げ帰ってから、猫が従いて来たのを知ってびっくりした。そのときすぐに殺しちまえばよかったのに、ついためらった。人間は殺せても、猫はすぐに殺せなかった。あるいはなにかほかの理由があったのかもな」

六

　文字とよの飼い猫が殺されて数日後、半兵衛がやって来た。なにかをくわえ込んで来た表情である。

「旦那、妙なことがわかりましたよ」

半兵衛が言った。その後文字とよ殺しの捜査は遅々としてはかどっていない。下手人は最後の手がかりの猫を殺して、完全にその足跡を消してしまった。

弦一郎は懐手をしたまま目顔で半兵衛を促した。

「おとよに上がり込まれた年寄りたちですがね、みんな身近に猫や犬がいました」

「なんだって」

弦一郎は懐中から手を抜いた。

「死んだ甲屋の隠居は本家で猫を飼っていましたが、そのほかの年寄りのまわりにも犬や猫がいやがった」

「本人が飼っていたのかい」

「本人が飼っていた者もいれば、本家で飼っていた所もあります」

「少し読めてきたな」

「これは下手人になにか関わりがありますか」

「大いにあるぜ。犬や猫を飼っている裕福な家が必ず関わりを持つ者はどんな人間だとおもう」

弦一郎は謎をかけるように半兵衛の顔を見た。

「関わりを持つ人間、さあてと」

「あんまり難しく考えることはねえよ。おめえ、体の具合いが悪くなったときだれの厄介になる」

「体の具合いが悪くなった……あ、そうか。犬医者だ」

「江戸の犬医者と猫医者を洗ってみろ。犬猫医者なら文字とよの猫に盛る毒も手許にあるだろう」

弦一郎の示唆によって新たな視野が開けた。

下手人が猫医者であれば、ナナが跡を従いて行った理由もうなずける。下手人はナナのかかりつけの医者であったのであろう。ナナは医者をよくおぼえていた。ナナを診(み)てもらううちに、その飼い主の方が医者とわりない仲になってしまった。医者は文字とよをそそのかし、上がり込みの道具に使った。上がり込む相手も医者が指図する。いずれも〝患者〟の裕福な飼い主の中から選んだものである。

医者を上がり込みの被害者と文字とよの間に据えてみると、事件のかなめとしてぴたりとおさまる。

だが弦一郎の着眼にもかかわらず、江戸中の犬猫医者は夥(おびただ)しい数にのぼり、文字とよの家の近所に聞き合わせをしたが、飼い猫のかかりつけの医者はわからない。近所の犬猫医者をしらみつぶしに当たったが、いずれもナナを診ていない。

長かった梅雨もようやく明けかけている。

町が夏祭りの騒めきに浮かれ立っているのを背負うようにして、茂平次が駆け込んで来た。

「旦那、ちょいと妙なことを聞き込みましたんで」

茂平次の地獄耳がまたなにかを聞きつけたらしい。

「猫医者がわかったか」

奉行所の用部屋で耳をほじくっていた弦一郎は、気のなさそうな顔を向けた。

「それが猫医者に関わりがあるかもしれねえんで」

言ってみろと弦一郎は顎をしゃくった。

「室町一丁目の塗物問屋恵比寿屋に南蛮渡来の福猫がいるってえ噂を聞きつけて見に行ったんですがね。これが生まれて間もねえまぎれもねえ福猫で、右目が金、左目が青の色ちがいの白猫でした」

「なんだと、右目が金、左目が青、色ちがいの白猫、甲屋の南蛮猫と同じじゃねえか」

「へえ、江戸に二匹といねえはずの福猫が恵比寿屋にいました」

「生まれたばかりだと言ったな。どこからもらったか聞いて来たか」

「言うにゃ及ぶで、宇田川横丁に住む玄庵という犬猫医者からもらったそうです」

「宇田川横丁の玄庵か」

無表情だった弦一郎の目の底が光ってきた。

「犬猫医者の中では聞こえた名医だそうで、玄庵がかんちくの、患者の畜生のことですがね、患畜の腹に手を当てただけでてえげえの病気は癒っちまうそうです」

「玄庵をしょっ引け。野郎を叩けば必ず埃が出る」

この事件を通して気乗り薄だった弦一郎が、初めて積極的な姿勢を見せた。

八丁堀の大番屋に引き立てられて来た玄庵は、憤然としていた。

「私は奉行所から呼ばれるようなおぼえはなにもない。そんなことをしてただですむとおもっているのか。私はご公儀のお偉方の家にも出入りを許されている。あとで吠え面をかかないことだね」

玄庵は肩をそびやかした。これが犬医者全盛の元禄期であるなら、士分の資格をあたえられ、大名家のお抱えとなり、町方の管轄外であったところである。

「おまえさん、室町一丁目の恵比寿屋に福猫をやったそうだね」

弦一郎はやんわりと尋問の口火を切った。

「福猫をやって悪いのかね。商売の縁起によいと懇望されて、たまたま私の所で生まれた福猫の子猫をさし上げたのだ」

玄庵は文句あるかと言うように肩をそびやかした。

「福猫をやって悪いとはだれも言ってねえよ。恵比寿屋にやった福猫の母猫を知りてえ」

「母猫は死んでしまった」

突っ張っていた玄庵の面に不安の色が刷かれた。

「死んだ母猫は福猫だったのかい」

「そんなことを聞いてどうするね」

「聞いていることに答えろ。福猫だったのか。そうでなかったのか」

「福猫ではなかったよ」

玄庵は仕方なさそうに答えた。

「すると父猫が福猫ということになるな」

「まあ、そういうことになるだろうね」

「父猫はどこへ行った」

「父猫のことは知らない。夫婦揃って私の家へ来たわけではないからね」

「兄弟猫はどうした」

「兄弟猫もみんな死んじまったよ」

「生き残ったのは福猫の子猫一匹というわけだな。おまえさんにとって生きていては都合の悪い猫はみんな死んじまったというわけだ」

「それはどういうことだね」

玄庵の面を塗った不安の色がますます濃くなっている。

「おまえさん、福猫の父猫を本当に知らねえのかい」

弦一郎の唇が薄く笑っている。だが目は少しも笑っていない。

「知らないね。母猫が私の所へ来たときはすでに孕んでいた。公儀のさる高貴のお方からいただいた猫だ」

「おまえさん、生きていては都合の悪い猫は全部殺したつもりだろうが、いちばん都合の悪い福猫を生かしておいたのはまずかったね」

弦一郎の口辺を刻んだ笑いがすっと引いて、鋭い眼光が矢のように玄庵に突き刺さってきた。

「なんのことかわからないよ」

「玄庵、てめえ、文字とよと文字とよの飼い猫を殺したな」

弦一郎の顔色が改まり、口調が変わった。

「いきなりなにを言うんだね」

玄庵はぎくりとしながらも、虚勢を張りつづけた。

「てめえは猫の取り持つ縁で文字とよとわりない仲になり、文字とよを操って年寄りの家に上がり込ませむしり取った。文字とよが奉行所に目をつけられたのでその口を塞いだ。ところが家へ帰って来てみると、文字とよの飼い猫が跡を従いて来てやがる。そのときすぐに殺せばよかったのだが、猫が孕んでいるのを見て、ふと憐れにおもったのがてめえの運の尽きだ。母猫が子猫を産んでから証拠の母猫を殺した。猫医者だから子猫に乳をやる乳母猫には事欠かねえ。ところが文字とよの猫が産んだ子猫の中に福猫が一匹混じっていた。てめえはそこで欲を出した。出入りの恵比寿屋に福猫を大枚で売りつけた。それがてめえの運の尽きよ」

「言っていることの意味がよくわからない。どうして福猫を恵比寿屋さんに譲ったのが運の尽きだというのかね。ましてや福猫の母猫が文字とよとかいう女の飼い猫だったとは言いがかりも甚だしい。これだけ濡れ衣を着せられたんじゃ、私もおさまりがつかない。出る所へ出て白黒決着をつけようじゃないか」

「てめえ、猫医者のくせにぬかったな。恵比寿屋の福猫の父猫は、文字とよが上がり込んだ神田鍋町の甲屋の隠居の飼い猫だったよ。文字とよがその飼い主をたぶらかしている間に、飼い猫同士がねんごろになったというわけさ」

「馬鹿なことを言うもんじゃない。文字とよの飼い猫が甲屋の飼い猫の子種を孕んだとどうして証拠立てられるのかね」

弦一郎がまた薄く笑って、

「猫医者らしくもねえことを言うねえ。福猫はお江戸広しといえども甲屋に一匹しかいねえ。その子種をほかにもらった牝猫がいれば必ず噂になるはずだ。そんな噂は奉行所の地獄耳に届いてこないねえ。猫が孕んでいる期間は六十三日から五日、文字とよに上がり込ませて、甲屋の隠居が死んだ時期とぴたりと重なる。お堀にごみのように投げ捨てられていた文字とよの飼い猫は、乳が腫れていて最近子猫を産んだ痕があった。てめえは文字とよの猫が甲屋の福猫の子種を仕込んできたとも知らず、欲を張ってその産んだ福猫を恵比寿屋に売りつけたんだよ」

「ちがう、ちがう。とんでもない言いがかりだ。私は犬猫医者だ。私の所にはたくさんの犬や猫が集まって来る。その中に福猫が混じっていても不思議はない」

「往生際の悪い野郎だな。猫医者なら猫医者らしく、福猫がほかにどこにいるか探して来い」

弦一郎にたたみ込まれて、玄庵は返す言葉につまった。ちょうどそのとき半兵衛が籠を抱えて大番屋へ駆け込んで来た。

「旦那、見つけましたよ。旦那の言ったとおりでした。子猫が四匹、玄庵の家で元気に鳴いていました」

半兵衛が差し出した籠の蓋を取ると、子猫がひと固まりの毛鞠のように固まってしきりに鳴いた。それらの子猫は文字とよの飼い猫にそっくりであった。

逃れぬ証拠の猫を突きつけられて、玄庵は自白した。彼の自白によると、文字とよと出来合ってから、二人で組んで独り暮らしの金持ちの年寄りの家に上がり込み、むしり取ることを考えた。カモにする年寄りは、玄庵の患畜の家の中から探し出した。

しかし甲屋に上がり込んだのは、偶然だった。文字とよの飼い猫が入り込んで行ったのを追いかけて行って、文字とよが上がり込んだので、玄庵は甲屋に福猫がいることを知らなかった。文字とよもそんなことは一言も言わなかった。

甲屋の隠居が死んでしまったので、文字とよが奉行所から目をつけられてしまった。このままでは文字とよから芋蔓(いもづる)式に手繰(たぐ)られる。身の危険をおぼえた玄庵は、文字とよを殺した。

だが逃げ帰って来てみると、文字とよの猫が従いて来ていて、玄庵の家で子猫を産んだ。その場ですぐ殺そうとしたが、子猫の中に高価な色変わりの白猫が混じっていたので、目が開くまで育てることにした。

そのためには親猫が必要だ。兄弟猫を殺すと、親猫が危険を感じて福猫まで食ってしまう虞れがあるので、兄弟も生かしておいた。

福猫が乳離れしたところで恵比寿屋に売りつけた。その後で母猫に毒を盛って殺した。恵比寿屋に売った福猫の父猫が甲屋の飼い猫と知っていたら、母猫と一緒に殺していた。

玄庵の自白によって一連の事件はすべて解決した。猫を使った上がり込みは、結局その猫が犯人の命取りになった。玄庵は上がり込みのそそのかしと、殺人の罪で引きまわしの上獄門に処せられた。

「旦那、一つどうしてもわからねえことがありやす」

事件が解決した後、半兵衛が問うた。茂平次も聞き耳を立てている。

「なにがわからねえんだ」

「文字とよの飼い猫が姿を消したとき、なぜすぐに殺さなかったかと不思議におもいやしたが、玄庵の自白を聞いて納得しました。福猫の乳離れまで、母猫と兄弟猫が入り用だったんですね。けれど福猫を恵比寿屋に売り飛ばした後、どうして兄弟猫を生かしておいたんでしょうね」

「おめえ、兄弟猫をよく見たかい」

弦一郎の表情がなにかを含んでいる。

「見ましたよ。文字とよの母猫にそっくりだった」

「それだけかい」

「それだけといいますと」

「兄弟猫も銭になるからだよ」

「兄弟猫が銭に、べつになんの変哲もねえ三毛でしたがね」

「雄か雌か見分けたか」

弦一郎の目が笑った。はっと半兵衛と茂平次が顔を見合わせた。福猫以外の四匹は皆三毛猫の雄だった。

「三毛の雄なんてめったにねえ。文字とよの飼い猫は福猫から子種を授かって、一匹は福猫、あとの四匹は雄を産んだんだ。こういうこともあるんだな。玄庵はいずれも子猫が三毛の雄であるのを知って、欲が出たんだ。母猫は殺されたが、子猫が立派に親の仇討ちをしたじゃねえか」

「そういうことでしたか」

　半兵衛と茂平次は納得したようにうなずいた。

「江戸はつくづく恐え所だね。人間の命よりも猫の方が値打ちがある。もっと恐いとおもったのは、死んだ五兵衛の家の者が、少しも哀しげな顔をしていなかったことよ。けえって嬉しげな顔をしてやがった。文字とよは金目当てで五兵衛と情を通じたが、猫同士は真剣だったんだろう。玄庵のような非道が出て来ると、またお犬様の時代に逆戻りするかもしれねえよ」

　弦一郎は元禄期の生類憐みの令のことを言っていた。

おしろい猫

池波正太郎

池波　正太郎（いけなみ・しょうたろう）

1923年東京都生まれ。下谷西町尋常小学校卒。戦後東京都庁に勤め、49年より長谷川伸に師事、戯曲執筆に励む。新国劇によって、その戯曲の数々が上演された。60年『錯乱』で第43回直木賞を受賞。江戸時代の庶民の生活をいきいきと描写した作品で知られ、代表作『鬼平犯科帳』『剣客商売』『仕掛人・藤枝梅安』等の作家活動により、77年には第11回吉川英治文学賞を受賞。86年紫綬褒章受章、88年菊池寛賞受賞。90年急性白血病のため死去。享年67。没後、勲三等瑞宝章を受章。98年には長野県上田市に「池波正太郎真田太平記館」が開館。

一

かつて、お手玉小僧とよばれた掏摸(すり)の栄次郎だが、今のところはおとなしく、伊勢町河岸に〔おでん・かん酒〕の屋台店を出している。

このあたり、日本橋以北の町々に密集する商家が暗くなって戸をおろすと、

「う、う、寒い。いっぱいのまなくては、とても眠れやしない」

などと、商家の若いものが屋台へとびこんで来て、おでんをつつき、酒をのむ。

河岸のうしろは西堀留川で、大川から荷をはこんで来た船がここへ入り、あたり一帯の商家へ、さまざまな品物を荷あげする。

その〔荷あげ場〕の間々(あいだ)に、おでんだの、夜なきそばだのの屋台が、ひっそりと寝

静まった河岸道に並ぶのである。

「今晩は、栄ちゃん……」

ひとしきりたてこんだ栄次郎の屋台へ、首を出したのは、この近くの大伝馬町にある木綿問屋〔岩戸屋（いわとや）〕の若主人・平吉（へいきち）だった。

「なんだ、平ちゃんか」

二人は幼友達なのである。

「どうした、青い顔をして……どこか工合でも悪いのかい？　うむ……うむ、うむ。ほんとにお前、ひどい顔つきだぜ。どうしたんだ、なにかあったのか？」

年齢も同じ二十五歳だった。

平吉は栄次郎とちがい、小さいときから〔岩戸屋〕へ奉公をして、主人の伊兵衛（いへえ）に見こまれ、ひとり娘のおつるの婿にえらばれたほどだから、その性格の物堅さも、おして知れよう。

「なにか、心配事でもできたのか？」

栄次郎が〔お手玉小僧〕だった、などということを、平吉は少しも知らない。

一年ほど前に、この河岸へ屋台を張ってからしばらくして、二人は十年ぶりかで再会をしたのである。

なんといっても幼なじみだ。

子供のころは、いつも栄次郎になぐられたり、いじめられたりしてぴいぴいと泣いていた平吉なのだが、そんなことを根にもつような平吉ではなく、素直に、

「ときどき、おでんを食べに来るよ」

といってくれたのが嬉しく、栄次郎も、

「平ちゃんは、がんもが好きだったね」

などと、むかしのことをよくおぼえていて、ときたま店をしまってから平吉がやって来ると、思わず昔話が長びいてしまうのだ。

「どうしたんだ？　だまっていたのじゃあわからねえよ」

「うん……」

色のあさぐろい、細おもてのすらりとした躰(からだ)つきの栄次郎とは反対に、色白のむちむちとふとった平吉の童顔が蒼白(そうはく)となっている。

「うん、じゃあわからねえ。いってみなよ」

「あのねえ……」

不安にみちた双眸(め)で、平吉は、おどおどと栄次郎を見てから、屋台の前へ腰かけて、

「うちの猫の鼻に、白粉(おしろい)がぬってあったのだよ」

ふるえる声でいった。

二

その日——というのは、三日前のことだが……。

平吉が商用をすまし、外から帰って来たのは夕暮れに近いころだった。

大伝馬町の〔岩戸屋〕といえば、きこえた大店でもあるし、奉公人も三十人をこえる。二年前までは、平吉も、この奉公人の中の一人として、おつるをお嬢さんとよんでいたものだ。

その平吉が主人にえらばれ、一躍、若主人の座をしめたことについては、先輩も、これをうらやみこそすれ、憎悪をかけるようなことがなかった。

それも、平吉のおだやかな性格と、まったく私心のない奉公ぶりが、主人のみか奉公人の誰にも好感をもたれていたからだろう。

今の平吉は、なにもかも、みちたりていた。

おつるにしても、箱入娘のわがままさで、平吉を弟のようにあしらうところはあるが、なんといっても、

「平吉をもらってほしい」

父親より先に、おつるの方が熱をあげていたほどだから、吉太郎という子もうまれた現在では、昼日中でも平吉を居間へよんでだきついたりしては、

「平吉……じゃあない、旦那さま。これ以上、肥ったりしてはいやよ」

などと、いう。

平吉のような男には、尻にしかれつつ、なおうれしいといった女房なのだろう。

その日も、外出から帰った平吉へ、人形に着せかけるような手つきで着替えを手伝っていたおつるが、

「ほら、ごらんなさいな」

という。

「なにが？」

「ごろが、おしろいをつけて……」

おつるの指す方を見て、平吉は、すくみあがった。

居間の障子の隅に、飼猫のごろが、うずくまっている。

ごろは、三毛猫のおすだが、ひたいから鼻すじにかけて黒い毛がつやつやと光っていた。その黒い鼻すじに、すっと白粉のふとい線が浮き出して見える。

「外へ遊びに出たとき、だれか近くの、いたずら好きの人がごろをつかまえて、あんなことをしたのね」

「ふ、ふいてやりなさいよ、ふいて……」

「いいじゃありませんか、おもしろくて……」

「ふきなさい、ふきなさい」

平吉が、いらいらした様子で女中をよび、すぐに猫の鼻をふかせたのを見て、おつるは、

「おかしなひと……」

気にもとめずに笑っていたものだ。

つぎの日――。

日中、どこかへ出て行ったごろが、夕飯を食べに台所へあらわれると、女中たちが笑いだした。

また白粉がついていたのだ。

これをきいて平吉が台所へとびだして行き、今度は自分が雑巾(ぞうきん)をつかんで、消した。

そして今日――。

また、飼い猫は白粉をぬられて外から帰ってきたのである。

「おかしなことをする人がいるものだわ」

と、おつるは相変らず笑っているが、平吉にしてみれば、それどころではなかったのだ。

「栄ちゃん。こ、困った……ほんとにもう、どうしていいのだか……」

栄次郎が出したおでんの皿には見向きもせず、平吉は泣きそうな声でいった。

「猫が白粉をぬられた、というだけじゃあわからねえ。平ちゃん。もっとくわしく……」

「話すよ。話して、相談にのってもらいたい、だから、こうしてやって来たんだよ」

「いいとも。できるだけのことはさせてもらうよ」

「すまない」

そこへ、河岸の向うの小田町にある線香問屋の手代が二人、

「熱くしておくれよ」

と入って来たが、

「すいません。ちょいと取りこみごとができて、店をしめるところなんで……」

栄次郎は、ことわってしまった。

それから、ゆっくりと平吉の話をきいた。ききおえて、

「ふうん……」

栄次郎は骨張ったあごをなでまわしながら、あきれたように平吉の顔をながめていたが、ややあって、ふといためいきをもらし、

「こいつはまったく面白えようでもあり、なんとなくさびしいようでもあり、なんともいえねえ話だな」

「そういうなよ。栄ちゃん……」

「ふうん……そうかい。お前さん、あの、お長（ちょう）と……お長がお前さんの色女だとはねえ」

「そういわないでくれったら……」

「あの洟（はな）ったらしのお長が、そんなに色っぽい女になったかねえ……」

栄次郎は、冷（ひや）の酒を茶碗にくんで一気にあおってから、うなだれている平吉の肩をたたいてやった。

「よし。ひきうけたよ、平ちゃん」

三

上野山下に〔蓬莱亭〕という、ちょいとした料理屋がある。

同業仲間の寄り合いが〔蓬莱亭〕でおこなわれたとき、養父伊兵衛の代理として、平吉がこれに出たのは、この夏もさかりの或る日だった。

お長は〔蓬莱亭〕の座敷女中をしていた。

平吉にとっても栄次郎にとっても幼なじみのお長であり、ともに子供のころを浅草・阿部川町の裏長屋で育った仲だけに、それとわかったときには、

「十五、六年にもなるかねえ……」

平吉は、なつかしげにいった。

はじめに気づいたのはお長である。

同業者の相談がすんで酒宴になってから、酒肴をはこんであらわれたほかの女中たちと一緒に、お長も座敷に入って来たのだが、少しも平吉はわからなかった。

しばらくして小用にたち、廊下を帰って来ると、中庭に面した柱の陰に、お長が待っていて、

「平ちゃんじゃありませんか？」

声をかけてきたものだ。

子供のころ、平吉の父親は、しがない指物(さしもの)職人であり、栄次郎の父親は、酒乱の魚屋(ぼてふり)だった。

平吉も栄次郎も、早くから母親を亡くしていたし、兄弟もなかったのだが、お長は両親も健在で、弟が一人いた。お長の父親は得意まわりの小間物屋だった。

ひとりっ子のめんどうも見ずに、いささかの金と暇さえ見つければ、さっさと酒をのみ夜鷹(よたか)をあさるという父親だけの暗い家に育った栄次郎は町内随一の乱暴者で、

「あんながきは馬に蹴られて死んじまえばいいのに……」

と陰口をたたかれたものだ。

同じひとりっ子でも、平吉の方は、実直でおだやかな父親の甚之助(じんのすけ)が、

「平吉が可哀想だから……」

と、三十そこそこで女房をうしなってから後(のち)ぞえももらわず一心こめて育ててあげてくれたし、平吉も父親ゆずりの気性をうけつぎ、八歳の秋に〔岩戸屋〕へ奉公に上ってからも、とんとん拍子に主家の厚遇(こうぐう)をうけるようになった。

一年に二度の、盆と正月の休みに、父親が待つ阿部川町へ平吉が帰って来ると、

「お長ちゃん、いる？」

平吉は、すぐにお長の家へとんで行き、たのしい一日をすごしたものである。

お長は、女の子のくせに力もつよいし気性も激しく、平吉が栄次郎にいじめられて泣きだしでもしようものなら、

「こんなおとなしい子をいじめてどこがいいのさ」

同い年のお長が、栄次郎へつかみかかっていったものである。

お長は、弟の久太郎が小さいときから病弱で、内職にいそがしい母親にかわっててめんどうを見てきただけに、おとなしい男の子が、もっともたのみとする〔女親分〕になってしまい、

「ふん。あいつにゃあかなわねえ」

さすがの栄次郎も苦笑いをしたものだ。

あれは、平吉が十歳になった正月だったか……阿部川町へ帰ってみると、お長一家は、どこかへ引っ越してしまっていた。

「なんでも、本所あたりへ行ったというが……なにしろ急だったし、それにあまりくわしいことをいわないで引っ越してしまい、大家さんにもわからないそうだよ」

と、父親になぐさめられたが、

「つまらないなあ……」

少年の平吉は、お長の住んでいた家のまわりをうろうろして、

「ほんとに気がつかないことをしたねえ。平ちゃんのいいひとの行先をたしかめておかなくってさ」

長屋の女房たちに、からかわれたりした。

そのころのお長は、ほんとうに洟たらしだった。黒い顔をして、やせこけていて、ぼさぼさの髪もかまわず、十やそこらの子供なのに一日中、母親の手伝いをして、くるくるとはたらいていたものである。

「変ったねえ……」

蓬萊亭で会ったとき、平吉は、つくづくとお長を、まぶしげに見やった。

「おばあさんになったって、いいたいんでしょ？」

「とんでもない……あんまり、その、きれいになってしまったもんで……」

「まあ、御上手な……」

「ほんとだよ、お長ちゃん……」

お長も、二十五になる。

あの、やせこけた少女のころのおもかげはどこにもなかった。

年増(としま)ざかりの血の色が、顔にも襟(えり)もとにもむんむんと匂いたち、縞(しま)の着物につつまれた胸も腰も、惜しみなくふくらみきって……。

「ねえ……後で、ゆっくり話したいんだけど……」

お長も、なつかしさを双眸(め)いっぱいにたたえ、つとすり寄って来て、平吉の耳もとへささやいたとき、

「いいともさ」

答えながら、我にもなく、平吉の胸はどよめいた。

二人きりで会って話しだせば切りがなかった。

あれから、お長たちは本所二ツ目へ移り、それでも小さな店をひらいたという。

だが、五年目に父親が死んだ。

母親と二人で、しばらくは店をつづけたが、とてもやりきれたものではなく、お長は十六の暮に、深川・佐賀町の味噌問屋〔佐野倉(さのくら)〕へ奉公に出た。

ここへ出入りの大工の棟梁(とうりょう)・重五郎方の職人で喜八(きはち)というものへ嫁(とつ)いだのが十九のときだった、と、お長は語った。

「あたしって、ほんとに男運がないのね。平ちゃんとも別れちまったし……お父っつぁんも早く死んでしまったし、それに……」

それに、亭主の喜八も夫婦になって二年たつかたたないうち、ちょいとした切り傷がもとで破傷風とやらいうものにかかり、あっけなく世を去った。

「それからは、もう、こんな世わたりばかりで、恥ずかしいのだけど……小梅のお百姓さんのところに、病気の弟をあずかってもらい、一生懸命にはたらいているんですよ」

「おっ母さんは……」

「一昨年……」

「亡くなったのかい。そりゃあ、大変だったねえ」

何事につけても、幼少のころの記憶と、そのころに身心へうちこまれた感情の爪あとは強く残っているものだ。

(お長ちゃんも苦労をしたのだなあ、可哀想に……)

平吉は、お長への同情から、用事のたびに〔蓬萊亭〕へ立ち寄った。

いまは、養父の伊兵衛も万事を平吉にまかせきりだし、

「少しだけれど、とっておいてくれないか」

飲めない酒の一本もあけ、料理をつづいて、平吉は帰りしなに〔心づけ〕をお長にわたす。

夏も終わろうとする或る夜……。

「いけなかった……けれど、どうしようもなくてねえ……」

平吉が栄次郎へ語ったように、どちらからともなく、二人は蓬莱亭の奥の小座敷で、しっかりだき合ってしまったのである。

つぎは、昼間だった。

深川亀久橋〔船宿〕で、二人は忍び会った。

こうなると、お長の情熱は狂気じみてきて、

「もう離さないで……離したらあたし、平ちゃんを殺してしまうから……」

殺すといったときの、お長の目の光のすごさは、とても栄ちゃんにわかってもらえないだろうけど、と、平吉はいうのだ。

お嬢さん育ちのおつるとは違い、熟しきったお長の肉体の底のふかさは、平吉を瞠目させた。

(こ、こんな世界があったのか……)

おつるとの交わりは、まるで〔ままごと〕のようなものだったと、平吉は思った。

女といえば、おつるだけしか知らない平吉だけに、船宿での逢引は十日に一度が五日に一度、三日に一度となった。

もうお長は蓬莱亭をやめてしまい、船宿〔いさみや〕に泊りっぱなしということになり、

（もうこうなったらしかたがない、どこかへ、お長に一軒もたせよう）

と、平吉に決意させるにいたった。

そうきめてから、さすがに平吉も、

（このことが、店へ知れたら大変なことになる）

養父も女房も黙ってはいまい。

もしかしたら離縁されかねないし、そうなったら、いまは阿部川町の長屋へ楽隠居をしている父親が、どんなに悲しむだろう。

平吉は、また商売に身を入れはじめた。

お長へは「そのうちに、きっとなんとかする」といってある。それなのに、四、五日、平吉が船宿へたずねて行かないと、お長が、大伝馬町へやって来て、店のまわりをうろうろしはじめるのだ。

「このごろ、妙な女が店をのぞきこんで行くんですが……ひとつ、長浜町の親分にでも話してみましょうか」

と、番頭がいいだした。

長浜町の親分というのは、地廻り(じまわ)の岡っ引である。そんなことをされたら、とんでもないことになる。

「もう少し待ってくれといってあるじゃあないか。金ぐりがつくまで、待っておくれよ」

たまりかねて、平吉が船宿へ出かけて行き、

「店の前をうろうろするのは、やめておくれ」

と、たのんだ。

養子でもあり、養父へは帳面の一切を見せる習慣なので、平吉も、やたらに店の金を引きだすわけにはいかない。番頭の目も光っていることなのだ。

すると、お長は、船宿の黒猫をだき、その鼻づらへ、水白粉をなすりつけながら、

「あたし、もうたまらない。ここにいて、猫を相手に暮らしているなんて……」

燃えつくような視線を平吉に射つけたかと思うと、猫を追いやり、帯をときはじめる。

障子に、冬も近い陽射しがあたっている昼さがりだというのに、お長は全裸となって平吉へいどみかかるのである。

十二月に入ると、お長は、

「子供ができた」

と告げた。

「この子をつれてお店へ行き、あたしのことを大旦那にも平ちゃんのおかみさんにも……」

みとめてもらうのだといって、きかない。

平吉は、もう船宿へ出かけるのが恐ろしくなって来た。

といって、金を引き出すこともできない。

ぐずぐずと日がたつうちに、岩戸屋のごろが、どこかで白粉をぬられて帰って来ることになった。

「お長のしわざだ。間違いないよ。船宿でも、そんなことをいつもやっていたし……お長が、毎日、店のまわりをうろついているんだ。子供が……子供がうまれたら、きっとやって来るよ、お長は……ねえ、栄ちゃん。どうしたらいいんだ? 教えておくれよ」

たまりかねて、平吉が泣き伏したのを見て、栄次郎が、

「金で万事は片がつくと思うが……さて、おいらが乗りだしても、お前が金を出せねえというんなら、こいつ、しかたがあるめえなあ」

といった。

四

お手玉小僧の栄次郎が、亀久橋の船宿〔いさみや〕をおとずれたのは、その翌日である。

師走の風が障子を鳴らしている部屋で、栄次郎も十何年ぶりにお長と会った。

「お長さんも変ったねえ」

栄次郎も目をみはった。

平吉と違って、女道楽もかなりしてきている栄次郎だけに、

(こりゃあ、平ちゃんが迷うのもむりはねえ)

と思った。

お長の、しめりけのありそうな青みがかった襟もとからのどもとへかけての肌の色を見ただけでも、

(こいつ、中身(なかみ)は大したもんだ……)

栄次郎は、なまつばをのんだ。

(女は魔物だ。お長が、こんな女になろうとは夢にも思わなかったものなあ……)

お長も、なつかしげであったが、

「お前さん、平ちゃんとできたんだってね」

栄次郎が切りだすと、びっくりして、

「どうしてそれを……」

すべてを、栄次郎は語った。

語りつつ、栄次郎は、

(こいつは、いけねえ。お長め、かなりのところまで心をきめていやあがる……)

思わずにはいられなかった。

いまのところ、平吉がなんとか都合できる金は二十両ほどだという。しかし、

「十両がせいぜいというところだ。行末、大旦那が死んで平ちゃんが岩戸屋を一人じめにしたあかつきには、なんとでもつぐないをするだろう。だから、ここはひとつ、かんべんをしてやってくんねえ。なあ、お長ちゃん、十両で……」

と、栄次郎は持ちかけてみた。

平吉から二十両うけとり、そのうちの半分は、ふところへ入れるつもりだった。

お長は、冷笑をうかべていた。

「男って、みんなそうなんだ……」

お長は力をこめた声で、

「私あ、平ちゃんが好きで好きでたまらなくなったから、平ちゃんとこうなったんですよ。なにも腹の中の子をたてにとって岩戸屋を乗っ取ろうというんじゃない。けれど、岩戸屋の大旦那にも、それから平ちゃんのおかみさんにも……私と子供のことをなっとくしてもらいたいのよ」

すこぶる強硬である。

「それでなくちゃあ心配でなりません。私あともかく、うまれてくる子供のことがねえ」

「な、そりゃ、そうだが……」

「それでなくても、十両かそこいらで、私とのかかわりあいをないものにしようという……そんな卑怯な平ちゃんになっちまったんだもの」

「うむ……」

「帰ってそういっておくんなさいよ」

「いや、その……なにも平ちゃんは、お前さんとの間をどうのこうのというんじゃねえ。いまにきっと……」

「栄次郎さん……」

お長は屹（きっ）となった。

「私をなめてもらっちゃあ困りますよ。私は死物狂いなんだ。私のいい分がとおらなけりゃ、平吉さんの命も……、いえ私も子供も、一緒に死ぬつもりですよ」

勝手にしやがれ……と、栄次郎は舌うちをしながら船宿を引きあげて来た。

平吉は〔地引河岸〕の近くにある寿司屋の二階で、栄次郎を待っていた。

「いまのところ、簡単には承知をしねえが、まあなんとか、かたちをつけてみせるよ」

「すまない、栄ちゃん。このとおりだ」

平吉は、両手を合せて見せた。

栄次郎は笑って、

「けれど、平ちゃん……お長は、いい女になったもんだねえ」

「そう思うかい」

「もう会わねえつもりか？」

「お長が、なんだかこわくなってね……」

「せっかく大旦那に見こまれ、夢みてえな身分になったのだからなあ。まさか、岩戸屋の身代を捨てて、お長のところへ行くわけにもなあ……」

「それをいってくれるなったら……」

「いいや、当り前のことさ。おれがお前だったら、やはりそうするよ」

「だが、二十両ですますつもりはない。私だって今に店をつぐわけだから……そうしたら、お前に間に立ってもらって、金だけは仕送りするつもりなんだ」

「もう、みれんはないかい？」

「うむ……」

うなずいたが、平吉の面には、ありありと貴重な逸品を逃した者のもつさびしさが、ただよっている。

「とにかく、平ちゃん。約束の金はおれが預かっておこう」

「そうだった……」

平吉は、ふところから〔ふくさ包み〕を出した。

「これだけ持ちだすのが、やっとだった。なにしろうちの店は、大番頭が二人もいて……」

「いいってことよ」

栄次郎は二十両入った包みを、ふところに入れ、

「女子供が三年は食べていける金だ。なんとか話をつけるよ」

と、いった。

しかし、栄次郎には自信はなかった。

(もっと男ずれをしている女なら、いくらでも手はあるんだが……お長め、あの肌のつやといい、まだくずれきっちゃあいねえ躰つきといい、案外、堅く後家をとおして来やがったに違いねえ。料理屋の女中なんぞをしていながら、妙にこう物堅え女、こいつが一番やっかいものさ。こういう女が男に打ちこむと、それこそ命をかけてきやがるものな)

どうしても、お長が十両で承知をしなかったら……いや、おそらくそのとおりだろうが、そうなったら栄次郎は、この界隈(かいわい)から姿を消すつもりでいた。

(もう一度行ってみるが……駄目なら、この二十両は、そっくりおいらのものだ)

なのである。

金をつかんで姿をくらますつもりなのだ。

もう、そろそろ元の商売へもどってもいいころだと、栄次郎は考えている。

伊勢町河岸に、おでんの屋台を出す前の彼は、三年ほど品川宿にねぐらをもち、品川から東海道すじを小田原あたりまでが〔稼ぎ場〕で、掏摸(すり)をはたらいていた。

お手玉小僧という異名は、仲間うちでのもので、まだ栄次郎は一度も縄をうけたことがない。

それだけに、品川宿の岡っ引から、

(目をつけられている……)

と感じるや、すぐさまねぐらをたたみ、親分の砂取(すなどり)の伝蔵へも、

「少し、ほとぼりをさまして来ます」

ことわって、江戸市中へ舞いもどり、神妙に屋台を張りながら、それでも十日に一度ほどは、女遊びの金を人のふところから、かすめていたものである。

用心ぶかい栄次郎は、決して無理をせず、仕事をするときは、雑司ケ谷の鬼子母神だの、内藤新宿の盛り場だのまで出かけて行った。

(もう、品川へもどってもいいころだ)

なんといっても手馴れた場所でやるのが、一番よいことだった。

(しばらく、東海道もあるいていねえな)

よし、明日にでも、もう一度、お長へかけあい、駄目ならさっさと逃げてしまおうと、栄次郎はきめた。

(平ちゃん、ごめんよ。後はうまくやってくんねえ)

その夜――。

栄次郎は河岸へ出なかった。

掏摸(すり)をしていても二十両という大金が、まとまって入ることは、めったにないことである。

日が落ちる前から、神田明神下の〔春川〕という鰻屋(うなぎや)で、たらふく飲み、食い、やがて栄次郎は、

（あそこなら、いつ行っても、いい女を呼んでくれるに違いねえ）

暮れかかる空の下を、目と鼻の先の池ノ端へ出た。

月も星もなく、降りそうで降らない日だった。

風が絶えると、妙に、なまあたたかい。

（明日は、きっと雨だ……）

栄次郎は、仲町にある〔みのむし〕という水茶屋ののれんをくぐった。

この茶屋のあるじは、重右衛門といって七十をこえた老人だが、茶屋商売のほかに金貸しもやっている。

そして、客をとる女に場所を提供し、たっぷりと上前(うわまえ)をはねるのも商売の一つだ。

江戸には公娼(こうしょう)のほかに、種々な岡場所にいる私娼や、むしろを抱えて客の袖を引

く夜鷹もいて、女あそびに少しも困らないことはいうまでもない。

だが〔みのむし〕で世話をする女は、正真正銘の素人女、というふれこみである。

病気の夫を抱えた女房やら、近くに軒をつらねる食べ物屋の女中やら、武家の未亡人までやって来るという。

そのかわり、価も高い。

昼遊びで二分というきまりだし、夜も、女は泊らないことになっていた。

客は大店の旦那衆もいれば、旗本もいるし、大名屋敷の用人なぞも来る。

そういう連中の相手をする女には、遊びで二両、三両という逸品もいるそうな……。

(よし、今夜は一両も張りこむか……)

栄次郎は〔みのむし〕の小座敷で、女を待った。

なんでも、根津あたりに住む後家で、それもあぶらの乗りきったすばらしいのを呼んでくれるというものだから、栄次郎は期待に酔い、わくわくしながら茶屋の老婆を相手に盃をかさねた。

しばらくして、女が来た。

老婆と入れ違いに、

「ごめんなさい」

入って来た女を見て、さすがの栄次郎も盃を落した。

「お前……」

「あら……」

女も、青ざめた。

女……お長だったのである。

ぎこちない沈黙が、どれくらいつづいたろうか。

お長が、頰のあたりをひきつらせながらも、

「もう、こうなったら……しようがないねえ」

にやりとしたものだ。

栄次郎も笑った。

「病気の弟をかかえて、しかも行末のことを考えりゃあ、こんなことでもするよりほかに、しかたはなかったのさ」

と、お長はいった。

(ざまあみやがれ)

今日、深川の船宿で、さんざんにお長からやっつけられていただけに、

「おおかた、こんなこったろうと思っていたよ」

栄次郎は負け惜しみをいった。

お長が覚悟をきめたらしい。

栄次郎のそばへ来て酌をしながら、

「でもねえ。平ちゃんとのことは本当の……いいえ、ほんとうに平ちゃんが好きだった。嘘じゃあないんだから……」

「へっ。子供ができたなんて、見えすいた嘘をつきゃあがって……」

「そうでもしなくちゃあ、いつなんどき、あの人が私を捨ててしまうかしれやしないと思ったから……」

「それで、岩戸屋へ乗りこむつもりだったのか」

「ええ」

「正式のおゆるしをうけて、妾にすわるつもりだったんだな」

「いけないかえ」

「ふん……」

「どうだろう、栄ちゃん……」

「なに？」

「今度は、私の味方になっておくれでないかえ。十両くらいならいつでも出す。だから私と平ちゃんとの間を、うまく……」

「おきゃあがれ」

栄次郎は立ちあがった。

ふところから小判を五枚、お長の前へほうり出し、

「五両ある。この金はおいらの金だが、とっておきねえ。だが、今夜のことは明日にも平ちゃんに打ちあけておくぜ。いつでもおいらが証人になる。だからお前も、あきらめるこったな」

一気にいい放った。

「そうかえ……」

お長はもの倦げに小判をかきあつめて、

「もらっておこうよ」

「そうしねえ」

「商売だからね、私も……」

「違えねえや、ふふん……」

「あきらめたよ、平ちゃんのことは……」

「当り前だ」

「とんだところへ、お前さん、首を出してくれたねえ」

「悪かったな」

だこうと思えばだけたかもしれねえ、だが、それじゃああんまり、おいらも男を下げるというもんだ。残念だが、しかたがねえ……と、栄次郎は〔みのむし〕から駕籠をよんでもらうよう、たのんでおき、また部屋へもどった。

お長は、ぼんやりと行燈の灯影に目をこらしていた。

お長の頬に、涙のあとがあった。

（こいつ、本気で平ちゃんを……）

ふっと思ったが、

「おい。もう岩戸屋の猫の鼻づらへ、おしろいなんぞをぬるのじゃあねえよ」

と、栄次郎は釘をさした。

「わかりましたよ」

「つまらねえいやがらせをしたもんだ」

「いやがらせじゃあない、平ちゃんが冷たいそぶりを見せたからだ」

「へえ。こんなまねをしていやがって、たいそうな口をきくねえ」

「……………」

「あばよ」

駕籠が来ると、

「吉原へやってくんねえ」

と、栄次郎はいいつけた。

ぽつりぽつりと降りだして来た雨の道を飛んで行く駕籠の中で、

（へん。五両ですんだ。思いがけなく十五両……その上、平吉にゃあ、うんと恩を着せてやれる。おい、平ちゃん。おいら、お前さんの弱味をしっかりとつかまえちゃったぜ……ねえ、平ちゃん。これから、つきあいも永くなろうが、せいぜい可愛がっておくれよ）

栄次郎は、にたにたと胸のうちで、平吉へ呼びかけていた。

五

お手玉小僧・栄次郎が死んだのは、おそらく、その夜のうちだったろうと思われる。

死体が発見されたのは、翌朝だった。

場所は、吉原土手を三ノ輪方面へ向って行き、新吉原遊廓（ゆうかく）へ入る衣紋（えもん）坂をとおりすぎ、右手の竜泉寺村へ切れこんだ田圃の中である。

後ろから一太刀で、栄次郎の首から肩にかけて斬りつけた手なみは只のものではない。

その一太刀をあびただけで、栄次郎は絶命したのだ。

死体を発見したのは、附近の百姓たちだった。

番所から役人が出張って来たが、むろん、身もとは不明だ。

ところが、栄次郎のふところから〔ふくさ包み〕の金十五両があらわれたものである。

金はともかく、このふくさは、大伝馬町の岩戸屋の名入りのもので、毎年、現在でいう名刺がわりに色を変えて染めさせるものだった。

これで、岩戸屋がうかんで来た。

長浜町の清五郎という岡っ引は、かねてから岩戸屋出入りの男だが、この清五郎が定廻の同心を案内し、岩戸屋へやって来た。

店でもおどろいたが、平吉は、もう歯の根が合わぬほどにちぢみあがった。

だが、栄次郎と幼友達だったということは、女房のおつるにも、養父の伊兵衛にも話してあったから、この点はまずよかった。

問題は、岩戸屋のふくさに包んであった金十五両である。

「若旦那だけ、ちょいと顔をおかしなすって……」

同心が帰ったあとで、岡っ引の清五郎は平吉と二人きりで、居間へ残った。

「師走(しわす)でいそがしいところをすみませんねえ」

岡っ引といっても、このあたりの大店を相手に、いざ刑事問題がおきたときにはなにかとはたらいてもらうため、岩戸屋ばかりではなく、諸方の店からきまった〔手当て〕をもらっている清五郎だけに、

「ねえ、若旦那……」

ものやわらかな、くだけた調子で、

「どんなことがあっても、あっしがうまく片をつけます。だから安心をして……ひとつなにもかも、この清五郎にぶちまけてくれませんか」

と、ささやいて来た。

平吉は、衝撃と恐怖で、しばらくは口もきけない。

「お店の金が二十両ほど、帳尻が合わねえことも、さっき番頭さんに調べてもらってわかりましたよ。ねえ、若旦那……」

「…………」

「だまってたんじゃ、わからない。なんとかいっておくんなさいな」

「………」

「いいんですかい？　お前さんが口をきかねえなら、お上(かみ)の調べは表沙汰(おもてざた)になりますよ。それでもかまいませんかね？」

「親分……」

「さあ、さあ……あっしはなにをいわれても、この胸ひとつにしまっておくつもりだ。さあ、さあ、ぶちまけてごらんなさい……」

「はい……」

いいかけたが、どうもいいきれない。

お長と、お長の腹にいる子供のことがわかったら、これからの自分の身の上はどうなるだろう。

お長と、ああなったについては、たしかに気まぐれな浮気以上の何物かがあったといってよい。

はじめのうちは、なんとかお長を幸福にしてやろうという熱情をもっていた平吉だが、

（お長は、こわい……）

ひた向きに押して来るお長の愛欲のすさまじさと、岩戸屋へまで事をもちこもうとする激しい態度を、

（あんなに、おそろしい女だとは知らなかった……）

今は、悔んでいる。

といって……。

このことのすべてを、岡っ引などにうちあけてしまってよいものか、どうか、である。

もしも大旦那が寛容に目をつぶってくれたとしても、平吉は一生、おつるにも店の者にも頭が上がらなくなってしまうし、恥と負目（おいめ）にさいなまれながら一生を送らなくてはならない。

「どうしたんだ、さっさといってごらんなさい」

苛（い）らだった清五郎の口調が、がらりと変ったときだった。

「私から申します」

なんと、おつるがあらわれたのだ。

「あ、おつる……」

「いいんですよ」

おつるは微笑で平吉をおさえ、

「ふくさ包みのお金は、主人が、たしかに栄次郎さんへおわたししたものです」

と、いった。

平吉は、新たな不安に、すくみあがった。

「栄次郎さんはなんでも、前の商売がうまくいかず、そのときの借金に苦しめられていたようなんでした。くわしいことは私も主人も、よくきいてはいないのだけれど……なんといっても子供のときからの仲よしな……そんな間柄だったもので、主人も心配して……」

「それならなにも、大旦那へ内密で、金をひきださずとも……」

「いいえ、親分。そこに養子の身のつらさ、自分の勝手に十五両もの金をつかうわけにゃあまいりませんよ」

おつるは、にこやかに平吉を見やり、

「ねえ、あなた……」

といった。

「う、うむ……」

あぶら汗にぬれつつ、平吉はうなずき、胸の中で、おつるへ手を合せていた。

あの夜……栄次郎が吉原へ行き、揚屋町の〔福本楼〕へあがろうとして駕籠をおりたとき、

「きさま……」

大男の侍に見つけられ、いきなり襟がみをつかまれてどこかへ連れ去られたということが、その後の調べで、あきらかになった。

何人もの目撃者がいたからである。

しかし、その後のことは不明だった。

勤番侍らしいその男は、みるからにたくましく、二つ三つ顔をなぐられると栄次郎は鼻血を流して、ほとんど気をうしなっていたようだ、と、見たものは語ったそうだ。

その後のことは、死んだ栄次郎と大男の侍が知っていることだが……。

「きさま。おぼえておろう。このまま番所へ突きだしてもよいが、それでは、懐中物をきさまに掏りとられたわしの恥になる。武士としてきさまのような小泥棒に恥をかかされるとはな……」

暗い、雨の中の田圃の泥の上へ突き倒された栄次郎は、それでも必死に逃げようと

かかった。

侍の顔を忘れてはいない。

足かけ二年前に、旅姿のこの侍の懐中から財布を掏りとったことは、たしかだった。

藤沢の遊行坂においてである。

掏りとったとたんに、手をつかまれた。

「放しゃあがれ」

蹴とばしておいて、栄次郎は、もうやみくもに逃げ、ついに逃げおおせたものである。

「おのれ、鼠賊め!!」

怒気を激して追っかけて来る侍の顔を、走りつつ二度三度と、ふり返って見るだけの余裕が、栄次郎にはあったものだ。

「わ、悪かった。助けて……」

助けておくんなさいといいかけたとき、侍が抜刀した。

その殺気におびえ、おびえながらも栄次郎は田圃の土を蹴って逃げた。

そこを後から斬られたのである。

この侍のことは、死んだ栄次郎だけが知っていることだった。

斬った侍のことは、ついにお上でもわからなかった。

六

この事件で、岩戸屋にも平吉にも、お上からの処罰はなにもなかった。なかったのは当然としても、栄次郎がお手玉小僧とよばれた掏摸(すり)だということは、翌年の正月もすぎようとするころに岩戸屋へもきこえて、平吉をぞっとさせた。

春めいてきた或る日の午後、平吉は八丁堀まで用事があって、その帰り道に呉服橋門外・西河岸町の岩戸屋の親類へ寄った。

これは、養父のかわりに用事を足したのである。そこを出て、一石橋(いっこくばし)をわたり、北鞘町(さやちょう)の通りを歩いていると、

「あら……」

釘店(くぎだな)のあたりから出て来たお長と、平吉が、ばったり出会った。

「お長……」

まぶしそうに、お長は平吉を見上げて、

「ごめんなさいよ」

うつむきかげんに行きすぎようとした。

「あ……待っとくれ」

「え……？」

「栄ちゃんが、あんなことになっちまって……それで、ついつい、お前のところへも……」

「栄ちゃん、どうかしたんですか？」

「知らなかったのかい？」

「ええ……」

「吉原田圃で、斬られて死んだよ」

「いつ？」

「去年……師走の八日だ」

「まあ……」

きらりと、お長の双眸(め)が光った。

「実は……お前へとどける金を栄ちゃんに預けてあったんだが……」

と、いいさしてから、平吉が、

「あの……子供は……お腹の子は、どうなんだえ？」

このとき、お長が、はじけるような笑い声をたてた。

「そうですか。お前さんは、なにも知らなかったんですねえ」

「なにがどうしたのだ？」

「いえ、こっちのことですよ」

お長は、さっと身をかえしながら、

「あたしは、子をうみますからね」

「お長……」

「うんでから、ごあいさつにあがりますよ」

「待ってくれ」

只事でない二人の様子に、少し人だかりがしていた。白昼のことである。人ごみをぬって去るお長を追いかけもならず、平吉は茫然と立ちつくしたままだった。

お長はお長で、

（こうなったら百や二百ですませるこっちゃあないよ。うまく行けば、病気の弟も私も、一生楽隠居だし……それよりも、まとまった金をふんだくったら、なにか地道な商売でも始めて……そのうちに実直な男を見つけて亭主にして……）

そんなことを考えつつ、にやにやと、池ノ端の水茶屋を目ざして歩いていた。

(平ちゃんも、昔のまんまだ。意久地のない男だったんだねえ。私も……そりゃあ私も、ちょいと昔を思い出し、のぼせあがったことはたしかなんだけど……)

二日たった。

夕飯をするため、平吉が店の帳場から居間へ入って来ると、

「あなた、この二、三日、どうかしたのじゃありませんか?」

おつるが、箸をとりながら眉をよせてきいてきた。

「なんでもないよ」

「だって、食もすすまないし、お父さんも平吉がなんだか変だって……」

「そ、そんなことはない」

「それならいいけど……」

鯛のやきものを、うまそうに食べながら、

「ねえ……」

と、おつるが流し目に平吉を見て、

「わかる?」

「なにが?」

「あたしのお腹?……」

「え？」

「うまれそうなのよ」

「え？」

「今度は、女の子が、ほしいわねえ」

こういって、おつるは、となりの部屋で、もう眠っている吉太郎を指し、

「あの子も妹ができたら、きっとよろこぶわ」

と、いった。

「そうか……お前も、うまれるのか？」

「え？」

「いや、なんでもない」

平吉があわてて箸をとったとき、もう暗くなった中庭から飼猫のごろが、のっそりと入って来た。

「あら、また……」

おつるが叫んだ。

「え……？」

ごろを見やって、平吉は死人のような顔つきになった。

膳（ぜん）の上のものをねだろうとして、甘え声を出して近寄って来るごろの鼻すじには、くっきりと白粉の線が浮きあがっていた。

猫姫

島村洋子

島村　洋子（しまむら・ようこ）

1964年大阪府生まれ。帝塚山学院短期大学卒。証券会社勤務を経て、85年「独楽（ひとりたのしみ）」で第6回コバルト・ノベル大賞入選。主な著書に『家族善哉』『あんたのバラード』『野球小僧』、エッセイに『恋愛のすべて。』『ブスの壁』『愛されなさい』等がある。

雪江が死んだという知らせをきいて花江は大きな息をついた。

ここでは誰も知る者がいないといっても、実の妹が死んだのである。

もっと悲しみが湧いてくるかと花江は自分を観察していたが、どちらかというとほっとした気持ちのほうが強かった。

先の将軍家慶(いえよし)の寵愛(ちょうあい)を受け出産もして側室となったが、その頼りの人に先立たれたので、剃髪(ていはつ)して二の丸に隠居した身であるのに、たかが町人と通じていたとは、そしてそのことが皆の口の端にのぼることになっているとなれば、いくら実の姉でもかばいようがなかった。

雪江は家慶の戒名である慎徳院の位牌(いはい)も奪われ、閉門蟄居(ちっきょ)を申し渡されたのだ。

どのみち将軍を失った側室たちは実家に戻ることも表に出ることも許されないので、閉門蟄居も同然だったが、それでも建前としては一生、亡き将軍に仕える身であることは変わりない。

そのことがじゅうじゅうわかっていただろうに、どうしてあの子は大工の棟梁などに惚れたのか、花江にはどうしてもわからなかった。

自分の意志を持って生きるというのはとうの昔に諦めたことではなかったのか。

餓死するまで食を断った、かつては美しかった妹の遺骸を花江はじっと眺めていた。

雪江の枕元には生前、可愛がっていた白猫がこちらを誰何するようにじぃーっと見つめてすわっている。

「この猫、いただいてよろしいか？　この猫はもとをただせば妾の猫の子ゆえ」

せめてもの形見に、と思ったのである。

そういえばこの猫を渡したときは、雪江は小躍りするように喜んだものだった。

雪江のことよりも、猫がかわいそう、という態度を一貫してとっていた花江だったが、それでもあまりここに長居したら周囲に怪しまれる。

ほんの一時、手を合わせた花江はまるで飼い主の雪江の姿のように白く瘦せた猫を抱えて、お付きの女たちと自分の部屋にすぐに戻った。

涙は見せなかった。

1

花江はそもそも町人の生まれである。

本名はおさとという。

富裕な乾物問屋の娘であるが、こどものころは平凡に育った。

親元がお目見え以上の旗本でもないのに、なぜ大奥へ奉公が叶ったかというと一言でいえば「縁」である。

あるいは母の強い意志であった。

おさとの美貌（びぼう）を見込んで、という言い方もできるし、それ以上の美貌だったおのれの身の上と、たまたまの幸運によっていい暮らしをしている姉の身の上を比べてみた末のこと、ということもできる。

母ほどの美貌に恵まれなかったのに、母の姉はさるお屋敷の庭の掃除をしているときに当家の主人に見初（みそ）められ、こどもを産んだ。

そしてそのとき産まれた娘が大奥へご奉公に上がっていたので、その口利きをいただくことにしたのだ。

しかしいくら何でもそのままの身分というわけにはいかないのでいったん、おさとは母の姉方に養女として入ったあと、奉公に出ることになった。

　そのとき長女である花江は数えの十六だったが、一番下の妹の雪江はまだ五つだった。

　雪江の本名はおかつと言った。

　おしめを替えてやったこともある妹のおかつまで大奥に奉公に来ることになるとは、そのときのおさとは夢にも思わなかった。

　じっさい、おかつが奉公に上がれる年になったころには母の姉もまたその世話をしてくれていたさるお方も亡くなっていたので、おさととは違うつてを辿っておかつは大奥にやってきたのだった。

　たしかに姉妹で奉公にあがる者もいるにはいたが、花江は絶対に姉妹であるということを口外するなと親戚にも雪江となったおかつ本人にも厳命しておいた。

　自分と関係ないとしたほうが雪江の将来のためである、と思ったからである。

　雪江ももはや上様の寵愛を失った姉など、はなからあてになどしていなかった様子でもあった。

　花江ははじめ、母の姉の娘、つまり従姉妹のお美代に願い親になってもらい、その部屋子として奉公に上がった。

部屋子というのは、まだ女中見習いにもならない身分である。

文字どおり願い親の部屋に住み込んで大奥のしきたりをいろいろ教えてもらうのであるが、花江は持ち前の頭のよさもあって本採用されるのも早かった。

たまたま欠員が出たときに本採用を願い出て、誓詞に血判を押した。

そのときに大奥での名前としておさとはお陸という名前を戴いた（部屋子に過ぎない「お陸」が、将軍お手付きの「花江」になるのにはそれから一年ほどかかるが、その話はのちほどするとして、物語の中では「花江」という名で通すことにしたい）。

採用されたとき御右筆が読み上げた十二条の条文はどれも忘れられないが、中でも花江が忘れられないのは、『大奥で見聞きしたことを親兄弟をはじめ、外部に一切、しゃべってはならない』というものである。

それから十余年、いろいろなことを見聞きし、経験もしたが、花江は一切、しゃべらなかった。

つまらぬ噂話にもかかわろうとはしなかった。

大奥で暮らす女としては様々な情報に関心がないわけではなかった、己が身を守る手段として、花江は何にも興味のないふりをした。

だから亡くなった上様のご寵愛を受けて剃髪した妹のあってはならない噂を耳にしたときも、その話そのものに驚くよりも、誰がそんなことを言い触らしているのか、その犯人に腹が立った。

あのときお前たちは血判を押さなかったのか、と。

自分はもっと凄いことを見聞きしたが絶対に口外しなかった。

しかし突然、異国から黒船がやってくるこのころの御時世ともなればそんな昔気質の女はもうこの大奥にも少なくなっているのかもしれない。

雪江は運がなかったのだろう。

これまでにも剃髪したかつての将軍の側室が浮気をしたという話はないわけではなかった。

しかし雪江の場合は、たまたま二の丸の模様替えに来ていた大工の棟梁とそういうことになったため、城の外にもこの話が漏れたのだ。

どういう色男かは花江は見たこともないのでわからないが、どうせ上様の女と「出来た」ことを自慢するような輩であろう。

男などに頼るとろくなものではない、ということを雪江はここで学ばなかったのだろうか。

男どころか女たちも噂好きの嘘つきばかりである。

自分以外には頼る者などないことをどうしてわからなかったのだろう。

ましてや雪江は三つまでは育たなかったとはいえ、上様の娘を出産して「お腹様」と呼ばれる身分にもなったというのに。

しかしその心弱いところが雪江の人の良さでもあり、可憐さでもあったのだろう、と花江は考えた。

だから上様は自分を見捨てて雪江を愛しく思うようになられたのだろう、と。


雪江の弔いはひっそりと行われた。

もちろん側室であったという身分は取り上げられ、最下層の女中の葬儀と何ら変わりのない簡素なものだったらしい。

らしい、というのは御中臈の身分にまで上り詰めた花江はそんな場所に出入りする必要がなかったので、見てはいないからである。

ちょうど雪江の葬儀が行われている時間、花江は仏壇に手を合わせていた。

それは亡き上様の菩提を弔っているように他の人には見えただろう。

花江はまだ幼くて可愛かった実家にいるときのおかつの姿や上様のご寵愛を一身に

集め、権勢を欲しいままにしていた美しかったかつての雪江の姿を思い出して涙が止まらなかった。

2

花江に運が向いて来たのは部屋子から正式に女中に採用された翌年のことだった。

そのとき十七になったばかりの花江は美しいうえに働きが良いので、いろいろ難しい大奥の女たちにも誉められるようになっていたのだったが、それだけで運はやって来ない。

すべては福姫のおかげである。

福姫というのは花江の飼い猫である。

大奥で部屋を持てるような身分の方はよっぽどの変わり者でない限り、猫を飼っていた。

信用できる人間が身近にいるわけではないし、いじめや嫉妬(しっと)が日常にある世界である。

それにここに入ったからには死ぬまで出られないのは覚悟のうえだったから、いつもそばに置いて可愛がることのできる動物を飼ってその心を慰めていたのだ。

犬ならばずっと部屋に閉じ込めておくのが難しいので、どうしても猫を飼うことになってしまう。

それに子猫が生まれた場合、力のある方から戴いて可愛がっていると、その方からの覚えがめでたくなるので、たいして猫が好きではない者も欲しがるふりをした。

花江の願い親はそれほど権勢を持っている方でもなかったし、猫が好きなわけでもなかったのに、当時、十七歳の花江は突然、御年寄の高岳様から直々に子猫を戴いたのだ。

御年寄といえば身分はほとんど老中ほどもある高貴なお方である。

本当ならばそんな高岳様にお目通りもかなわないはずだったのだが、ひょんな偶然が花江に味方した。

ある朝、台所の水を入れた瓶（かめ）の中に大きな黒い猫がはまってもがいているのを花江は見つけた。

その猫はどうやら妊娠しているらしく、大きな腹で身動きができなかったらしい。

花江はそれを丁寧に拭（ふ）いてやり火鉢のそばで暖めてやった。

話はそれだけのことだったのだが、その猫の飼い主が御年寄の高岳様だったのである。

前の晩から高岳様の愛猫の菊姫が見当たらず身分の高い方たちがいらっしゃる一の側では大騒ぎになっていたらしかったのだが、花江たちのいる三の側までには伝わっていなかった。

そこで菊姫を見つけて丁寧に保護してやったので、高岳様はことのほかお喜びらしく、見たこともない美しいお菓子がその夜、花江の元に届けられた。

これで自分の身にも良いことがあるだろう、と花江の願い親も大喜びだった。

そしてその翌日の昼間、花江は高岳様に呼び出され一の側に願い親のお美代とともに参上することになったのである。

ただ猫を助けたという当たり前のことをしただけなのに、大騒ぎになり、花江には何が何やらわからなかったが、これがとてつもなく光栄なことだということはわかっていた。

初めて見る一の側はふだん、自分たちがいるところと比べて調度もすばらしく、別世界のような思いがして花江は身がすくむ思いがしたが、ふと願い親のほうを見るとやはりその方も震えていた。

「近う寄れ」

一段、高くなった所におられるのかと思ったら、そういうわけでもなく、御簾があるわけでもなく、ただただ広いお座敷の奥から声がした。

脇には数人のお付きの者がいるだけで、思ったよりふつうなのだな、と花江は顔を伏して近づきながら思った。

「このほうがお陸にございます。そしてこのほうがその願い親のお美代にございます」

見たことのない人が自分たちの名前を間違えずに言ったので、花江は驚いた。

もしかしたら何もかも見張られているのかもしれない。

仕事の手を抜いたり、誰かの悪口を言った覚えはないけれど、少し背筋が寒くなる。

「おもてを上げなされ」

奥におられる小柄な方はあの黒猫を抱いてすわっていた。

「そなたがお陸とな」

そう問われて何と返事をして良いやらわからず、花江ははあ、と頭を下げるしかなかった。

「このたびは格別の働き、感謝しておるぞ。この菊は身重でなかなか動けずに難儀しておったろう。よくぞ助けてくれた。腹の子にも大事がないそうじゃ、と医者が言うておった」

「それはそれは」

と声を出したのはお美代だったが、花江は相変わらず下を向いたままである。

「お陸よ。そなたの名前を妾が決めてやったぞよ」

品があって近寄り難い雰囲気の奥におられた方は、それでもほほ笑みながら言った。

「見れば今日はほれ、藤が見事に咲いておる。そこで妾は思いついたのじゃ」

お陸はその瞬間に「花江」という名前になった。

三文字の名前を名乗れるのは身分の高い人という暗黙の了解があったため、花江は驚いた。

そして次に奥から聞こえて来た言葉にもっと驚くことになった。

「お美代や。その娘を妾にしばらく預けてはくれぬか。見たところ猫が好きらしい。ここにしばらくおってこの菊のお産や子育てを手伝ってはくれまいか」

「ははっ。身にあまる喜びにございます」

お美代はそう頭を下げたが、花江は凍りついたように動けない。

たしかに自分は幼いころからずっと生き物は好きだったが、猫のお産なんて立ち会ったことなどない、猫なんてどこかで勝手にこどもを産んで育てるものだし、と花江は不安になった。

だいたいこんな猫可愛がりされている猫なんて、何かの冗談のようではないか、と。

しかし御年寄の言葉に逆らえるはずもなく、花江は翌日から表使(おもてづかい)と同格の「高岳様のお猫・菊姫様付き」としての不思議な身分で生活することになったのである。

3

高岳様のお猫様付きになってからというもの自分の周りの人の態度が突然、変わってきたことを花江は感じた。

今までは願い親のお美代もたいして力がなかったこともあって、誰からも相手にされていなかったのに、この一の側に来たとたん、皆が親切に言葉をかけてくれる。あるいはお菓子をくれたり、簪(かんざし)までくれる人もいる。

初めのうちは話しかけてくる人の誰が誰なのか名前もわからなかったし、あまりのことにぺこぺこと頭を下げてごにょごにょと言葉にならないお礼を言うだけの花江だったが、そのうちにこの人たちは自分に興味があって親切にしているわけではないのだ、ということに気が付いた。

ただただ皆、高岳様のご威光にあやかりたいのだ。

自分のように急に身分の高い誰かの覚えがめでたくなった者はいじめられるのだ、とは聞いていたが、一切そういうことがないのに花江は驚いた。

そしてそのうち、そんじょそこらの身分ではない老中とも張り合えるほどの高岳様のお力は、そんなつまらないいじめを撥ね返すほど強いのだ、ということがわかった。

皆が自分のことを「猫姫」というあだ名で呼んでいることにも花江は気が付いていたが、気にしないようにしていた。

持ち前の性分もあって、花江は陰ひなたなく働いた。

菊姫もどういうわけか花江によくなつき、初めてのお産も安産に済んで無事、四匹の子猫を産んだ。

他の者が覗くと毛を逆立てて怒るのに、花江には甘える仕草を見せた。

目も開いていない手にのるように小さな子猫が母親の乳を求めてむしゃぶりつく姿は、えもいわれぬほど可愛い。

皆、その子猫を欲しがったが、何しろ待っている者が多くて順番待ちである。

生まれたのは四匹なので、なかなか当たらないのはわかっていたが、こんなに可愛いのなら花江も子猫を飼いたい、と口には出さずとも思っていた。

一の側の生活にも慣れてきた花江は、猫の世話以外も表使として、高岳様の指示によっていろいろな買い物を御広敷（おひろしき）の役人に通知したり、頼まれずとも気づいたことを少しずつやるようにしていた。

それがお気に召したのだろうか、

「一匹、そなたにやろう」

と高岳様に言われたときには、花江は夢にものぼる気持ちがした。

なついている菊姫ももちろん可愛かったが、どんなに可愛がってもそれは所詮（しょせん）、高岳様のものである。

自分のものになる猫がいたら、どんなに慰められるだろう、と思っていた花江は思わず、

「ありがとうございます。もったいないことでございます」

と遠慮する様子も見せずに頭を下げた。

その自分の姿をほほ笑みながら見ていた高岳様のことを花江は少しも怖いとは思わなくなっていた。

大奥に暮らす者は、いや表の男連中も、そして上様までも高岳様には一目置いてい

て、皆、遠慮がちに接するが、そういう高岳様のご様子をそばで見ている花江には、高岳様の寂しさも感じられるようになっていたのだ。

「どれが良いか？」

高岳様は菊姫と花江の顔を交互に眺めて言った。

その様子はふだん高岳様に接している奥女中が見たこともないほどの親しさであるのを花江はなんとなく感じとっていた。

「この黒いぶちのある一番小さなものをいただきとうございます」

花江は言った。

そのメスが一番、可愛いからというより、あまりに小さくてうまく育つかどうか心配だったからである。

花江はそれが乳離れできたら、いただくことにした。

そして乳離れしたら自分はまた三の側に戻るのだろうと思っていた。

しかし乳離れしてぶち猫をいただくことになったとき、花江は高岳様からじきじきに驚くことを申しつかった。

「妾が世話親になることにするが、良いな？」

高岳様の小さな体から発せられる凛（りん）とした声に、花江は逆らえるわけもなく、深く頭を下げるだけだった。

花江は猫の世話をしているだけで御中臈になったという前代未聞の出世をしたのである。

4

御中臈といえば上様や御台所（みだいどころ）のお世話を直々にする役職である。

これは誰でも望めばなれる、というものではない。

長局（ながつぼね）の二階にも住める。

普通は世話親を誰にするかで苦労するのだが、花江の場合、大奥一の権力者である御年寄の高岳様のお声掛かりなので、それに腐心する必要もない。

花江は御台所のお召しかえを手伝うようになった。

御台所はふだん日に五度ばかりお召しかえをされる。

朝食前、朝食後、お昼の御衣装、夕方の御衣装、寝間着である。

中でも、お化粧を済まして上様のお出でを待つ朝食後のお召しかえとお昼の御衣装は大切である。

一年間で再び同じものを着ることがないように気も使うし、季節にあった柄であるにも注意しなくてはならない。

娘が大奥でこんな仕事を任されていることを実家の母が聞いたらもったいなくて失神するか、嘘でもついていると思って信じないかもしれない、と花江は思った。

御台所は難しい方ではなく、おっとりされているが、汗をおかきになるたちなのでいつも風通しを考えなくてはならなかった。

身分の高いお方なので長髢（ながかもじ）のついたおすべらかしにされることが多く、それもかえって暑いのではないか、と花江は手がすいているときには申し付けられなくてもあおいでさしあげたりした。

御台所といっても上様としょっちゅう一緒にいられるわけもなく、たくさんの側室に囲まれている暮らしは切ないものだ、と町人の娘として育った花江は思った。

花江が一番、気を使っているのはむしろ御台所や高岳様ではなく、先輩の御中臈たちとの関係だった。

皆、高岳様の顔色をうかがっていて、お気に入りの花江に直接、厭味（いやみ）を言ったりすることはなかったが、親しく話したり、何かを教えてくれるわけではなかったので、仕事のやり方を盗まねばならない。

へとへとに疲れて布団に入ってからも、自分の一日の仕事の手際などを思い浮かべて赤面してしまうことも多く、眠れない夜が続いた。

そんな日々が三月も続いたころ、あらたまって高岳様に呼び出された花江は何か大きな粗相でもしたかと冷や冷やしながら畳に伏していた。

「格別に働きがよいと御台所様からも承っており、妾も鼻が高いぞ」

叱られるのかと思って緊張したら意外にも褒められたので、花江は拍子抜けした。

「次回、御台所様の名代で妾が増上寺に参る折りにそなたも連れていこうぞ」

なんだ、そんなことか、と花江は思った。

久しぶりに表に出られることは嬉しかったが、せっかく覚えかけた仕事のほうが気になる。

外出している間の猫の様子も心配である。

花江が高岳様からいただいた黒ぶちのある猫は「福姫」と名付けられた。

おとなしくて頭の良い猫でなんとか育ったが、やはり他の兄弟猫よりは小さかった。

しかし産後、少し痩せたが今はすっかり回復した福姫の母親の菊姫は花江の言うことをよくきいたが、放浪癖があるためか時々、行方不明になる。

また池や甕に落ちないものかといつもその黒く美しい姿を見つけるまで気にかかっ

て仕方ない。

そんなことを考えているときに、

「明日、お庭で」

という、高岳様の声がして驚いた。

「えっ、お庭で？」

聞き取れないような小さな声で鸚鵡返し（おうむがえし）に花江は言った。

「そなたのお目見えがあるのでよくよく心するように」

花江は急に胸がどきどきして声が出なかった。

「お庭のお目見え」というものがどういう意味なのかは大奥に勤めているものにはよくわかる。

それは上様とお見合いをする、ということなのだ。

こちらが上様を拝見することはできないが、庭に立っている自分の姿を見ていただき、お気に召したらお手付きになる、という制度である。

花江の気持ちは一言でいえば、とんでもない、だった。

大奥で暮らす以上、立身出世していくのが夢ではあるが、ここ何カ月で起こったことが現実感のない夢のような出来事だったので、まったく実感がわかない。

自分はただはまった猫を助けただけなのだから。

上様がお成りになるときのお手伝いはするが、大奥に来て一年半、いつも伏しているだけでそのお姿すら想像も付かない。

しかしこれ以上、名誉なことなどないのも花江にはわかっていた。

どんなに容姿に恵まれていて育ちが良くても、御年寄の引きがないとお庭のお目見えができないのだから。

花江はかぁーっと熱くなる胸を抱えてすわっていた。

上様にお気に召していただきたいような、自分はとてもそんな女ではない、と思うような乱れた気持ちのまま、ほとんど寝ずに一晩を過ごした。

5

それからは夢のような日々だった。

お見かけしたこともない上様が、自分のことをお気に召したという話も花江は夢うつつで聞いた。

背が高くすらりとした花江はお庭で映えるので、きっと上様はお気に召すだろうと高岳様が考えていた、ということを聞いて花江は信じられなかった。

たしかに自分は少し容貌に自信があった。

だから生家の母がどうしても自分のことを大奥に送り込みたかった、ということもわかっていた。

しかしいざ、ことがどんどん運び出すと本当に何もかも信じられなかった。

そしてそれ以来、自分の人生が自分のものではなくなるのだ、ということすら気づいていなかったのだ。

その日、上様がお越しになる、ということは花江はその日の夕刻に聞かされた。

さあ、という勢いで花江はお風呂に入れられた。

二人の女中が全身を糠袋(ぬかぶくろ)で磨いていくのが、花江にはくすぐったくて恥ずかしくて仕方がなかった。

風呂から上がって、ほっとしたとたんに、化粧係の女中と髪結い係の女中が現れた。

花江は顔と髪を任せながら御台所様のことを考えていた。

自分がお支度をお手伝いし続けてきた御台所様のことを。

このことが御台所様のお耳にもう入っているのかいないのかはわからなかったが、

花江は申し訳ないような悲しいような晴れがましいような、今まで味わったことのない思いがした。

支度が終わった花江は鏡で自分の姿を見、ずいぶんと綺麗になるものだなあ、と他人を見るように感心した。

そして上様がおやすみになる御小座敷に通された。

そこにはどういうわけか御年寄の高岳様がおられ、花江の姿を嬉しそうに上から下まで眺められた。

花江が座って頭を下げると何を思ったか高岳様が突然、花江の髪を鷲掴みにし、結ったばかりの髪の中に手を突っ込んでぐしゃぐしゃにしたのだ。

花江は驚いて言葉を返すこともできずに口を開けていると、

「よし」

と高岳様は一言、おっしゃった。

それが合図のように女中が現れて、また同じように花江の髪を何もなかったように結い上げた。

上様のお命を狙うために髪の中に短刀を隠し持ったり、直訴状を入れている不逞の輩が昔いたらしく、上様の夜伽をする女は必ず調べられることになっているのだ、と花江が知ったのはもっとずっと後のことである。

自分がめでたくお世継ぎを懐妊すれば、高岳様のお立ち場もいっそう安泰であるのだ、だから最初から高岳様も熱心だったのだ、ということにも花江は気づかなかった。

結局、花江は腹の子が育つ体質ではなかったのだが。


結果から言えば上様はお優しく男らしい方であった。

ただその身分によって素晴らしいというわけではなく、持って生まれた温かいものがある方だ、と花江には感じられた。

その夜、そこで何をされ、何が起こるのかももちろん花江にはわかっていた。

しかしお次ぎの間に高岳様ともうひとりの御中臈が控えているのはよいとしても、上様のお床と自分の布団のそばに少し離れているとはいえ、お添寝役の御中臈の床と御伽坊主(おとぎぼうず)の床が延べられているのだ。

こんなところで緊張せずにいられるわけはない。

そういう経験がもちろん花江には今まで一度もなかったが、これはあまりに普通ではない。

普通ではないのが大奥だとはわかっていたが、何度続いても結局、花江は慣れることはなかった。

何度か懐妊の兆候があり、上様をはじめ、高岳様を喜ばせたが、結局、花江は出産までには至ることができなかった。

上様も花江のもとに渡って来られることはだんだん少なくなり、やがてまったくなくなった。

そうしているうちに高岳様も花江に興味を失ったようだった。

猫の話は相変わらずしていただいたし、疎(うと)まれているわけではなかったが、あきらかに高岳様は自分の後見から離れようとされているのを花江は感じていた。

次に有望な若い女中に目をつけたのだ。

それが雪江だった。

妹だとはしばらく気づかなかった。

気づいたのは、自分がお添寝役を命じられた夜のことだった。

6

それまでにも花江は、雪江という高岳様の引きで御中臈になったばかりの娘のことは見たことがあった。

色が白く黒目がちで、すらりと背が高く、美しく目立つ娘だった。

雪のように肌がきれいなので「雪江」と高岳様が名付けられたという噂もあながち嘘ではないだろうし、この子なら上様はきっとお気に召すに違いない、と花江は思った。

花江ももう何もわからない処女ではない。

かつてのお手付きとして生きていかねばならない。

結局、生家の母の期待には応えられなかったが、自分は自分の人生をここで全うしていかねばならない。

福姫という名の猫だけが頼りで花江は毎日を働いた。

上様のことはもとよりお恨みする立場ではないし、他のお褥下がりの女たちのように、今、上様のご寵愛を受けている女の悪口を言うつもりもなかった。

それはいつも明日は我が身だ、と自分がご寵愛を受けているときにも花江が自分を戒めてきたことでもある。

その頃、雪江が現れたのである。

「おかつ、でございます」

上様のお床の中でその娘が幼名を名乗ったときも、花江はまだそれが自分がおぶってあやしてやった年の離れた妹のことだとは思わなかったのである。

おかつは色が黒かったし、何より妹が大奥に入るならば自分のつてを辿って来るに違いない、と花江は自惚れていたのである。

しかし次に聞かされた母の名前で凍りついた。

「おしの、でございます」

緊張した声が聞こえて来たとき、花江は絶対に声を出してはいけないお添寝の布団の中で、あっ、と小さい声を出してしまったほどだった。

間違いない、この娘は妹だったのだ。

そしてこのお手付きになった自分よりも何か大きなつてを持って入って来たのだ。

花江は複雑な気持ちだった。

それはかつてのお添寝たちも経験した、自分が絶頂にあるときの記憶を持ちながら他人の絶頂にある立場をそばで見聞きさせられて、自分の凋落を噛み締めなければならないというたまらない感情でもある。

それは女としての愛情に似たものを失った悔しさでもあったが、働くものとしての役職を失ったような失望の気持ちでもある。

そして花江の場合はそれだけではなく、自分なりに一生懸命、努力して来たが、親元はそれを認めていない、ということを思い知らされたことでもあった。

自分が御中臈になったときは、喜びの手紙を寄越した母ではあったが、あれほど流産が続いてはやはり見限るしかなかったのか。

そしてまだうちの家にはもっと器量良しの妹がいる、と思ったのではなかったか。

そして上様はその夜、自分には絶対に仰せにならなかった言葉を雪江には与えたのである。

「そちはまことに愛しいのう」

と。

お添寝係という奇妙な仕事の存在は夜伽の女たちにめったな言質を取らせないためのエ夫でもある。

それは過去に柳沢騒動という大奥の内外で有名になった事件が起こったからであった。

それはずいぶん昔、五代将軍・綱吉様の時に起こった。

綱吉様はお床の中で、お気に入りの側室にねだられて「御側御用人・柳沢吉保に百万石与える」と一筆書いてしまったのである。

その側室はもとを正せば柳沢の妾(めかけ)だったのだ。

それは大騒動になったが、その後すぐに綱吉様がお亡くなりになったので、事なきを得たのである。

それ以来、お添寝係というものが設けられることになったが、その係のひとりはかつて上様と肌を合わせたことのある御中臈がせねばならないのは誠に切ない制度である。

自分が上様とお床を共にしているときは、それらの者の思いになど考えも至らなかった花江だったが、自分がそのお役目を申しつかるようになってからはその切なさに身を切られる思いがした。

もう自分は若くないのだ、ということを思い知らされる時間でもある。

それでも不正が行われないようにしっかりと聞き耳を立てていなければならないのだ。

この世の地獄というのはこういうことか、と花江は時々、思うことがあった。

そんな花江の思いを知ってか知らずか上様は雪江のことがことのほかお気に召して三日にあげずに通って来られる。

あまりに雪江だけをひいきするので他の側室たちのお付きの女中たちが、雪江のお付きの女中たちに喧嘩を吹っかけることも再三であった。

そんなときに雪江は懐妊したのである。

いつもはつまらない吝気（りんき）など起こさない御台所様も、雪江の後見人の高岳様に厭味を言われたという。

もちろんご自分のお立ち場に変わりはないが、これで雪江が男子を産んだりした暁にはその権力が違ってくるのは目に見えているからだ。

こうなって来ては花江も自分が姉だとは名乗りにくくなって来た。

まるで雪江の持つその力に媚（こ）びるように思われても不本意だからである。

まだ幼かった雪江はきっと自分のことなど覚えていないのだろう、とただ会釈を交わすだけの間柄だった花江は考えていた。

だから正式に姉だと名乗ったのはそれから三年半もたった春のことである。

雪江の産んだ娘がはしかにかかり、たった三日で死んだのだ。

雪江の落ち込みようは激しく、誰がなんといってもものも食べようとしない、と聞いた花江はいてもたってもいられなくなり、自分の部屋の福姫が産んだ真っ白な子猫を抱えてその部屋に行った。

誰にも会いたくない、と泣いている、という話も聞いていたが、自分のことは入れてくれるのではないか、となんとなく直感のようなものが花江にはあったのだ。

そしてその直感は当たった。

「お気持ちはお察し申し上げますが、何かお召し上がりになりませんことには……」

とあいさつをした後、花江は自分の抱えていた子猫を雪江に手渡した。

雪江は小さいころから動物が好きだったのを花江は忘れていなかったのだ。

「何かのお慰めになるかと思います」

げっそりと痩せ、目を真っ赤に腫(は)らした雪江だったが、それでも花江に一瞬、笑顔を見せた。

「誠に愛らしい……」

このときだと思い、花江は自分は姉であることを名乗り出たのである。

「気づいておりました」

意外なことに妹はそう言った。

「しかし名乗らないほうが互いのためかと思っておりました」

雪江はきっぱりとそう言った。

それは言外に、あなたにはもう力がないと知っていたので、と言っているように花江には思えた。

しかし不思議と腹が立たなかった。

ここでずっと生きていかねばならないものとして、力のあるものとだけ組んでいきたいと思うその気持ちは痛いほどよくわかったからである。

「これからはこの猫をお姉様と思い、大切にいたします」

雪江は少しだけかつてのおかつに戻ったような柔らかな表情を見せた。

上様のご寵愛は変わらないし、雪江ほどの力があればもうこの大奥では怖いものはないのだ、と花江は思った。

「お子様はこれからもいくらでもお産みになれます」

そう花江は妹を励ましたが、その直後、上様は突然、亡くなってしまったのである。

最期まで、雪江、雪江、とその名を呼びながら。

7

剃髪した雪江とはそれから会うことはほとんどなかった。

しかしあのくらい自負心があり、芯(しん)の強い性格なのだから、絶対に残りの人生をうまく乗り切って行くだろう、と花江は確信を持っていた。

なのに出入りの大工と良い仲になって噂になり、あろうことか亡き上様の位牌も取り上げられた揚げ句、自殺のような餓死を遂げたのである。

何と勿体ないことをするのだろう、と花江は妹の死を悲しむよりもいぶかしむ気持ちが強かった。

上様も代替わりし、高岳様のお力も弱くなり、自分もほとんど用なしの身ではあるが、それでも小さい仕事に楽しみを見つけて日々を生きよう、と花江は思っていたのだった。

だからなおのこと、まだ若い雪江の死が悔しいのである。

親子だからなのか、母猫の福姫と雪江の飼っていた娘の白猫は睦まじく一緒に眠ったりする。

しかし肝心なことを忘れていた。

雪江が飼っていた猫の名をきいておくのを葬儀のどたばたで忘れていたのである。

花江はお付きの女中に、それを二の丸に行って聞いて来ておくれ、と頼んだ。

見事な白い毛の猫なので、白やら雪やらという文字がついているのだろう、と花江はその名を勝手に想像したりしていたが、女中が聞いてきたのはまったく違う名だった。

「里姫にございます」

女中は言った。

そして雪江がその猫を「おさと、おさと」と呼んで可愛がっていたという話も聞いたという。

「ご苦労であった」

花江はそう言い、あらためて白い猫を眺めた。

猫は自分の手を丁寧に嘗めている。

「おさと」はかつて花江が生家に捨てて来た名前である。

乾物の匂いや母の温かい肌の感触、妹たちの笑い声が急に全身に甦ってきた。

もう二度とその声をじかに聞くことはないであろう母の「おさと、おさと」とにこやかに自分を呼ぶ声も花江は突然、思い出した。

それはもう自分でも忘れていたような、埃をかぶった名前であった。

そういえば小さな妹は自分のすることをすべて真似したがっていた、ということも思い出した。

何でも真似をしたがっていた。

花江は結局、自分は最後の最後まで妹の心のうちはわからなかった、と猫を撫でながら思った。
あの子はいったい何が欲しかったのだろう、と。

化猫武蔵

光瀬　龍

光瀬　龍（みつせ・りゅう）

1928年東京都生まれ。東京教育大学理学部動物学科卒。卒業後、同校哲学科に学ぶ。11年間の教師生活を経て作家生活に入る。SF同人誌「宇宙塵」に参加。また時代小説の分野でも異才を発揮。主な著作に『ロン先生の虫眼鏡』『たそがれに還る』『百億の昼と千億の夜』『秘伝宮本武蔵』『明治残俠探偵帖』等がある。99年食道がんのため死去。享年71。同年その功績により、第20回日本SF大賞特別賞が贈られた。

駒込辺の同心に母有りしが、倅の同心は昼寝して居たりしに、鰯を売る者表を呼はり通りしを、母聞きて呼び込み、鰯の値段を付けて、片手に銭を持ち、この鰯残らず調へべき間、値段をまけ候様申しけるを、かの鰯売手に持ちし銭を見て、そればかりにてこの鰯残らず売るべきや、値段を負け候事はなり難しとあざ笑ひければ、残らず買うべしと言ひざま、右老女以ての外憤りしが、面は猫となり、耳元まで口さけて、振上げし手の有様、怖ろしともいはん方なければ、鰯売はあっと言うて荷物を捨てて逃げ去りぬ。その音に倅起き返り見けるに、母の姿全く猫にて有りし故、さては我が母はかの畜生めに取られける口惜しさよと、枕元なる刀を持ちて何の苦もなく切殺しぬ。この物音に近所よりも駈け付け見けるに、猫にてはあらず、母に違ひなし。鰯売も荷物を取りに帰りける故、右と者にも尋ねしに、猫に相違なしといへども、顔色四肢とも母に違ひなければ、是非なくかの倅は自害せしとなり。これは猫の付きたるといふもののより。麁忽（そこつ）にせまじきものなりと人の語りぬ。

根岸鎮衛（やすもり）著『耳嚢（みみぶくろ）』より

一

小河久太夫が駈け込んできたのは、武蔵が旗本溝口清左衛門の屋敷へ、午過（ひるす）ぎから行くことになっている出稽古に出かけようとしている時だった。

久太夫の大きな円い顔にも、崩れた衣紋（えもん）からのぞく猪首（いくび）にも、玉の汗が浮かび、条を引いて流れている。

久太夫は火のような息をおさえて声をふりしぼった。その語ることが武蔵を困惑させ、ほとんど応対に窮せしめた。

「お師匠さま。どうか、お力をお貸し下さりませ」

久太夫は廊下の板敷へひたいをこすりつけた。すっかりどうてんしていた。

「落着け。久太夫。急にそのようなことを言われても、何がどうしたものやら見当もつかぬぞ」

「まことにおそれいりましてござりまする。私、かの横瀬庄兵衛なる者の父親には、過(すぐ)る日、大恩をこうむっておりまする。それ故、今がその報恩の時と気ばかり焦り、ご無礼を申し上げました。お許し下さりませ」

久太夫の分厚い膝の上に、汗と涙が音を立てて落ちた。

いかにも大藩江戸詰め家士の物言いらしい大仰(おおぎょう)さに、武蔵は思わず苦笑をもらした。

大げさなのはいつものこととしても、事態は尋常ではなかった。

駒込の土井大炊頭(おおいのかみ)の屋敷の西に隣接して、御旗本(おはたもと)衆調練所と呼ばれる広い馬場があった。ここは弓、鉄砲の調練場でもあり、何棟かの小屋や井戸などもあり、管理や世話をするために調練場同心が置かれていた。その同心たちの長屋が、調練場の一角の土囲の中に設けられていた。

事件はその同心長屋の一角、横瀬庄兵衛の住いで起った。

庄兵衛は老母粂(くめ)と二人暮しだった。三十石二人扶持ながら、ほんのわずかだが役料もあることとて、母子寄りそうように暮すにはさまで苦しいというわけではなかった。

母親は四十六歳。庄兵衛の父親は数年前に他界していた。母親は大の魚好きだった。

その日、庄兵衛は明番(あけばん)のこととて、昼寝を楽しんでいたが、突然、家の中と外とで大変な騒ぎがわき起った。悲鳴や絶叫が入り乱れ、人の走る足音がおり重なった。母親が魚屋を呼び止めているのを、夢うつつに聞いていたが、どうやらそれとかかわりがあるらしかった。

庄兵衛が身を起すと、あけ放たれた障子のむこうに、母親の後姿が見えた。土間に立ったまま、背を丸め、両手で何かを持って食っているらしい。ふだんそのようなことをするような母親ではなかった。不審に思った庄兵衛が声をかけると、母親が、きっとした様子でふりかえった。

庄兵衛はぎょうてんした。母親の頭部は猫のものだった。銀色の毛髪の間から、とがった耳が突き出ていた。真赤な口が耳そばまで裂け、とがった白い歯が、魚の血で汚れていた。その魚を持つ両手も、白い毛でおおわれていた。

庄兵衛は何を考える余裕もなかった。枕元に横たえてあった大刀を握るや、抜き放ってひと跳びに躍りこんだ。

庄兵衛は微塵流をかなり使う方だった。それもいけなかった。庄兵衛の一刀に、母親はもろくも血に染って倒れた。

それからさらに騒ぎは大きくなった。

長屋の同輩たちも走り出て、興奮して口もきけないでいる庄兵衛を抱きかかえるようにして組頭大木田新左衛門の家へ連れていった。

庄兵衛の口走る切れ切れの言葉の断片をつなぎ合わせ、それに人を連れて様子を見にもどって来た魚屋の言もあり、容易ならざる事態が明らかになってきた。庄兵衛が気がふれたのだとする者と、魚屋も見たのだからほんとうのことであろうとする者との間で、本人をそっちのけで言い合いなどもあったが、結局、元同心の老人の、ほんとうに化物なら、やがて正体をあらわすであろうからしばらく待とう、という言葉で、ひと時ほど待ってみたが、庄兵衛の母親の亡骸（なきがら）は、すっかり冷たくなってしまっても、いっこうに猫の姿に変ることなく、老母粂のままだった。

組頭大木田新左衛門も当惑したが、いつまでもこのままではいられない。新左衛門の報告で目付が検分に来た。もう誰が見ても、庄兵衛が母親を斬殺したとしか思えない。

このような事件は滅多にあるものではなく、目付もただ嘆息を洩らすばかりだった。

結局、庄兵衛は監視の目を盗んで切腹したという形で始末することになった。魚屋の証言や、他に二、三人の目撃者もあることとて、一概に庄兵衛の母殺しだけでは押し通すことが難かしかったからであろう。

そうきまると、たちどころに執行されることになった。

「お師匠さま。おそれいりまするが、もうちと、お急ぎなされて下さりませ。もはや、庄兵衛の切腹の刻限も迫るかと思われまする」

久太夫はどたどたと走りながら、苦しげにさけぶ。髷(まげ)もひんねじれ、ほつれた髪が汗に濡れてほおに貼り付き、今にも心気が絶えるかと思うばかりだ。

「このとおり走っておるではないか。おまえ。黙って走るがよい。そう、さけびながらでは息が続かぬぞ」

往来の人々は、いぶかしそうにふりかえる。久太夫は袴(はかま)を着けているからよいが、武蔵は着流しだから、走ると裾が大きく翻(ひるがえ)って褌(ふんどし)まであらわになる。小女を従えて向うからやって来た町家の若女房が、胸に抱えていた包みを口もとに当て、苦しそうに青眉をしかめた。武蔵はすっかりくさってしまったが、どうしようもない。

つねに謹厳にして壮重な立居振舞を心がけねばならない武士が、褌までなびかせて往還を走るなどということは、当時としてはまことに珍なるながめであったし、おおいに顰蹙(ひんしゅく)をかう態(てい)のものであった。まして、この年、武蔵は五十歳になろうとしていた。人生五十年といわれていた頃の五十歳である。後を汗みずくになって走っている久太夫の方へは人の目はゆかない。

ええい！　ままよ。武蔵は裾を尻へひっぱさんだ。松の幹のような足をむき出しにして、風を巻いて走り出した。

大坂夏の陣以後、養子伊織の縁で明石小笠原家の客分として長く明石にあった宮本武蔵は、わが流派を広めるべく、明石を離れて京都や大坂へ出て道場を開いたが、心満たされることなく、やがて名古屋へ出た。名古屋には尾張柳生の兵庫助利厳（としよし）がいた。武蔵は兵庫助の世話を受け、やがて但馬守宗矩（むねのり）への添状を貰って江戸へ出てきた。

武蔵は徳川家へ仕官を志した。ねらいは将軍家指南役である。将軍家の指南役というと大層な権威と見識を持った役である。いかに武蔵が、播磨（はりま）から京、大坂にかけて名を売ったとはいえ、この時代にあっては一介の地方剣客に過ぎない。無謀な志とも思えようが、寛永や明暦、寛文の頃には、まだまだ慶長、元和（げんな）の気風も濃厚に残っていて、門閥や家柄よりも、本人の戦功や実力が評価される時代だった。従って将軍指南役をねらう武蔵の志も、けっして野望というわけではなかった。浪人生活にあけ暮れる初老の剣客にも、十分な機会はあったのである。だが、この頃、将軍指南役は柳生但馬守宗矩、一刀流の小野次郎右衛門忠常の二人がつとめていた。当時、第一級の剣人たちである。そのせいばかりではないが、武蔵の仕官はなかなか難しいようだった。家康自身は新陰流の免許皆伝という達人であったが、この頃から将軍指南役の性格が少しずつ変ってきたようだ。つまり、大将軍にとっては経世の学は必要であっても、直接剣を取っての修練は意味が無いとする考え方が生れてきていた。加えて、豊臣氏亡きあと、すでに幕府に対抗できる勢力は全く影をひそめていた。幕藩体制の確立は一方では軍政の崩壊を招き、慢性的な軍縮が始まっていた。

武蔵はそんなことは知らない。

江戸へ出てきた彼は、門人である黒田藩江戸詰の小河久太夫露心の世話で、下谷車坂に家を借りてもらい、久太夫の若党までつけてもらって、馴(な)れぬ江戸での生活を始めたのだ。小河久太夫は、師の武蔵を深く尊敬していたし、この不遇の師匠が気の毒でもあった。

久太夫は金子(きんす)や日用の品々をこまめに送り届け、気を配った。

久太夫は黒田家を通じて武蔵の就職運動を援護もしていたが、なりゆきははかばかしくなかった。

武蔵も、弟子の久太夫に気兼ねしつつも、怏々(おうおう)と楽しまなかった。それでも、久太夫から届けられる金子で吉原へ通い、遊女雲井と浮名を流したりしている。

そんなわけだから、武蔵も久太夫のとつぜんの願いを、むげに断るわけにもいかない。

やはり江戸詰だった小河久太夫の父親が、調練場で何か大きな失敗をしでかし、公（おおやけ）になれば切腹もまぬがれないところを、調練場同心をしていた横瀬庄兵衛の父親のはからいで表沙汰（おもてざた）にならずにすんだとのことであった。その息子の庄兵衛の危難とあっては久太夫も棄ててはおけないであろうし、師匠の武蔵にとっては、弟子の難儀は自分の難儀でもあった。

褌が翻るのもしかたがないのは、そこのところであった。

二

武蔵と久太夫の二人が、駒込の調練場同心の長屋へ駈け込んだ時は、庄兵衛が切腹の場に当てられた北側の座敷へと、廊下を渡ってゆくところだった。

家の内も外も、同僚の同心たちがつめかけていた。押し殺した静けさで、張り裂けるような緊張がみなぎっていた。隣家からは鐘と低い読経の声がもれてくる。

廊下を渡ってゆく庄兵衛は、平常の服装のままだった。白無垢（しろむく）など持っているはずもない。髷だけきちんと結い直しているのが哀れだった。庄兵衛はすでに喪神しているようだった。雲を踏むような足取りで体を運んでゆく。武蔵と久太夫はその廊下へ走り寄った。誰かが制止しようとしたが、久太夫を見知っている者らしく、戸惑ったように手を引込めた。知らなくとも、どこかの藩の上級武士と見て、この際、何かわけあってのことと思ったのかもしれない。

久太夫はそちらの方へ軽く会釈すると、廊下に手をつき、庄兵衛に向って首をのばした。

「横瀬うじ。このお方が、拙者がいつもお話しいたす宮本武蔵先生でござる。このたびのおぬしの不運のこと悉皆、先生に申し上げてござる。おぬしの無念、必ずお晴しいたすゆえ、お心安らかにゆかれよ」

横瀬庄兵衛は人の顔とも思えないような虚ろな顔で久太夫を見つめていたが、その視線を武蔵の上に移した。かすかに会釈したようだった。それからまた視線を久太夫の上に動かした。くちびるが震え、声ともいえないような声が洩れた。

「伯蔵主め」

なんと？　武蔵が耳をそば立てた時には、庄兵衛はもうゆらりと歩き出していた。

切腹の間には、大木田新左衛門の先年亡くなった父親が使っていた隠居部屋が当てられていた。

表へ出て待っている二人に、やがて庄兵衛が切腹し終えたという知らせが、嘆きの動揺となってつたわってきた。覚悟もできていなかったのであろう。悲惨な死にざまであったという。

二人は黙々と来た道をもどった。

それから三日ほどたった日の夕方、久太夫がやって来た。下男にかつがせてきた干魚や漬物、それに米などを土間のすみに下ろさせた。

「お師匠さま。せっかくご足労を給わりました、かの横瀬庄兵衛無念の一件につき、何やら存じおる者がおりましたので、ともないましてござります。ご引見給わりとう存じまする」

久太夫の押しつけがましい物言いには、内心小しゃくにさわる時があるが、それもたいていは物を運んできてくれる時だから腹を立てるわけにもいかない。

黙ってうなずくと、久太夫はいったん外へ出て誰かに低く声をかけていた。

すぐ庭の縁先に人影が立った。丁寧に挨拶(あいさつ)をした。

「お師匠さま。小石川新掃除町にて仏具商を営む豊島屋仁兵衛にございます」

頭髪の真白な、鶴のようにやせた豊島屋仁兵衛は、いかにも仏具商らしく、顔を伏せたまま悔みでも述べるように、半ば口の中でくどくどと名乗った。

「お師匠さま。かのおり、庄兵衛が洩らしました伯蔵主なる者、わかりました」

久太夫にうながされて、豊島屋仁兵衛が口を開いた。

「申し上げまする。小石川伝通院の境内に弥彦神社の末社がござりまする。弥彦神社の末社と申しましても、これは猫多羅天女を祭っております」

「猫多羅天女とは何さまかね？」

久太夫がたずねた。

「私もしかとは存じませんが、何でも昔、小石川の地によく人語を解し、奇異をあらわした猫がいたる由にござります。その猫を猫多羅天女さまと呼んでお祭りしたのが、伝通院の祠でござります」

猫を祭った社では遠慮があって、表向きは弥彦神社を勧請したものであろう。

「その猫多羅天女を祭る弥彦神社の別当が伯蔵主さまでござりますよ」

「その伯蔵主なる者と、かの横瀬庄兵衛との間に何ぞのかかわり合いがあってか」

武蔵はいぶかしげに眉をひそめた。

「その……これは私めが、人のうわさを耳にしただけのことでござりましてな」

豊島屋仁兵衛は体を縮められるだけ縮めた。

「よいよい。なんなりと申せ」

　武蔵は少し焦立った。

「十日ほど前のことでござりましょうか。横瀬さまが猫多羅天女さまへおまいりなさったそうにござります。そのおり、横瀬さまと伯蔵主さまが口論をなさり、横瀬さまが刀を抜いて伯蔵主さまを追い回したとか……」

「刀を抜いて追い回したとな。寺の境内で乱暴なことを。お寺社の方から何もおとがめはなかったのか」

「猫多羅さまの祠のある場所は伝通院の広い境内の北東のすみでござりますゆえ、伝通院のお坊さまがたの目には触れなかったのでござりましょう」

「おまえはどうしてその話を知っているのだ？」

「はい。猫多羅さまの近くに薬師王院さまのこれも小さな祠がございます。その灯明台の修繕に、私どもに出入りしております仏具師がまいっておりまして、たまたま目にしたようなわけでござりますよ」

「なるほど。久太夫。横瀬庄兵衛が何ゆえ伯蔵主相手に争いなどを起したのか、存じておるか？」

「それがわかりませぬ」

「そのことと、庄兵衛がわが母親を殺めたことと、なんぞつながりでもあるのか」

「それでございます」

豊島屋仁兵衛が膝をにじらせた。

「実は伯蔵主さまは、何やら神変不可思議なる術を使うそうにござります」

「神変不可思議とな。さりとは、大ぎょうではないか」

武蔵は笑みをふくんだ。

「いえ、いえ。これは伯蔵主さまを知る者は皆そう申します。伯蔵主さまは、人の心を自由に操ることができるとか、魂を抜き取ることができるとか、申す者もおりまする」

豊島屋仁兵衛は、体をすくめた。小さな目に、強いおびえが浮かんでいる。

「お師匠さま。ただ今の豊島屋の語ることをお聞き遊ばされましたか。このたびのこと、庄兵衛の母親が、実際にわずかの間、ほんものの猫に化けたのか、あるいは庄兵衛が、おのれの母親を猫の化身と思いこんだに過ぎぬのか、そこのところは今ひとつ分明いたしませぬが、伯蔵主やらのとくいといたす術のおよぼすところと似通ってはおりませせぬか」

久太夫が膝の上のこぶしを握りしめた。そう思うからこそ、豊島屋仁兵衛をここまで連れてきたのだろう。

「そうよのう。なれど、それもこれも証拠があってのことでもなし」

「お師匠さま。横瀬庄兵衛は伯蔵主めに仇されたに相違ござりませぬ」

「まてまて。そうきめつけてはならぬぞ」

「お師匠さま。実はこのようなわけもありましたようで……」

久太夫はぐいと口を引き結ぶと膝を進めた。

「お師匠さま。横瀬庄兵衛は、伯蔵主から金子を借りていたようでござります」

「その伯蔵主なる者、金貸しもいたしておるのか？」

「近頃、僧侶や神主の中には小金をためこみ、それを人に貸してあくどくもうける者も多いと聞いております」

江戸詰だけに、久太夫はなかなか世情にくわしい。

「庄兵衛はまた何の為に伯蔵主から借りたのだ？」

今度は豊島屋仁兵衛が顔を上げた。

「横瀬さまは、調練場同心から内藤新宿の百人同心へ変られることをお望みなされて、その筋のかたがたさまへお願いしていたようでござりますよ」

家康は江戸開府とともに江戸城の西を固める淀橋の地に、百人同心の名で呼ばれる警備隊を置いた。淀橋というよりも、内藤新宿といった方がわかりよい。警備隊はもちろん、百人だけというわけではなく、幾つもの部隊があったわけだが、いつとはなしに百人同心という呼び名が固定してしまった。調練場同心も百人同心も、どちらも軽輩の代表的ともいえるものだが、百人同心は卒とはいえ、れっきとした歩兵部隊であり、繁盛の地を守る警備隊として鼻息も荒かった。駒込の調練場の雑役係よりはるかにましだったのであろう。それに御府外警備ということで、ほんのわずかながら別手当もあったようだ。

「この秋、淀橋の百人同心が増やされるということは私も聞いておりました」

久太夫がうなずいた。

「なるほど。そこで庄兵衛は上役に賂を贈ったというわけか」

「いえ。賂というほどのことでもござりますまいが、手土産などは必要でござりましたろうから」

その為、幾何かの金子を借りたのであろう。その期限でもやってきて、催促され、庄兵衛と伯蔵主との間で、烈しい摩擦を生じたのかもしれない。それが庄兵衛の命取りになったのであろう。

貧しい微禄の同心の、生涯に一度有るかないかの機会だっただけに、庄兵衛が哀れだった。

「御師匠さま。近頃、幡随院門前町に天婦羅と申す美味なるものを食させる店ができましてな。お供いたしとうございます。これよりいかがでございますか」

この頃、魚や蓮根や茸などを、上質の菜種油で揚げた天婦羅という食物が、人士の間でもてはやされていた。

長崎に始まり、たちまち京大坂に伝えられたといわれるが、この時代には、まだまだ庶民には手の届くものではなかった。

家康の大好物であったが、彼の死因は鯛の天婦羅に当ったためといわれている。

武蔵も話に聞いてはいたが、もちろん、まだ見たこともなかった。

おおいに誘惑された。

「小河さま。それはぜひ私からさし上げとうございます」

豊島屋仁兵衛が、久太夫の方に体を傾け、口元に手をかざしてささやいた。

「いや、いや。それでは困る」

「よろしいではございませぬか。黒田様の御屋敷には父親の代からお出入りをさせて戴いておりまする豊島屋でござります。このような時にせめて」

「それはまたのちのことにして、さ、御師匠さま」

うながされて武蔵は立ち上った。胸の中で舌打ちした。天婦羅で釣られたとは思いたくなかった。だが、今日をおいては、天婦羅というものを食うことなどあるまいと思った。久太夫は全く上手だった。その店の支払いも結局は豊島屋がするのであろう。

上野の山を背に新寺町の通りを東へ向い、永照寺の角を左へ曲って二丁程進むと、右の角に下谷辻番屋敷。その先が板倉内膳正の屋敷、その向い側が幡随院門前町である。

「箱正という店がございましてな。たいへんな評判と聞いておりまする」

豊島屋仁兵衛も武蔵の腕をとらえるようにしてあおり立てた。

武蔵は渋面を作ると、肩をゆすって玄関へ出た。

三

十数日がたちどころに過ぎ去った。

小河久太夫もその後、姿を見せない。米や野菜が切れないうちは、やって来ないのだから当り前のことなのだが、武蔵には、久太夫が自分に化猫退治に類するようなことを頼んだ手前、来にくくなってしまったのではないか、と思った。それだけに何とかしてやらなければならないであろう。

いつもそこまでは考える。だが、そこから先を具体的にどうしたらよいのか、よくわからなかった。

日頃世話になっている久太夫の頼みではあるし、それに天婦羅まで御馳走になっているのだから、このままほおかぶりですますことはできない。

武蔵はとうとう重い腰を上げた。

あの日食べた天婦羅の香りと味が口中によみがえってきた。この仕事を片づけたら、また御馳走してくれるかもしれない。いや、こちらから請求してもよいだろう。請求してもよいはずだ。武蔵は心楽しくなって大股に足を小石川に向けた。

無量山寿経寺は江戸城の北方に位置し、本堂を中心に方丈、鐘楼、輪蔵ほか多数の堂宇を配し、樹々が生い繁り深山幽谷の如くであり、増上寺、寛永寺とならぶ大寺だった。周囲にいらかを連ねた末寺、院の数は五十とも八十ともいわれた。寿経寺は伝通院とも呼ばれ、江戸の人々にはその方が通じていた。境内には幾つかの社があったが、その中でも広く信者を得ているのが、慈眼院の沢蔵主稲荷だった。昔このあたりに一頭の古狐が棲んでいて、いろいろ奇異をあらわし人々に迷惑をおよぼしたが、ある時、慈眼院に止宿した一人の旅の老僧にさとされて改心し、以後、寺域の守護神になったといわれる。沢蔵主は、その狐に与えられた名である。

伝通院は庶民が足を踏み入れることを許していないが、沢蔵主稲荷をはじめ、幾つかの社は自由に参詣できる。

武蔵は長大な土壁について足を運んでいった。

水戸屋敷と火除地（ひよけ）の間を通って進むと小石川表町。そこに壮大な表門がそびえている。その表門の真向いから、真直ぐに下ってゆくのが安藤坂である。表門から入ると広い参道の両側に、寮と呼ばれる僧房が立ちならんでいる。正面に中門がこれは分厚い扉を閉している。中門前の左の角に三国伝来大黒天社があった。武蔵は右へ曲った。六角越前守の屋敷の裏を通り、雑木林と伝通院の土塀の間の道を進むと左に沢蔵主稲荷で有名な慈眼院がある。赤い鳥居が林の中に見えかくれする。参詣する人たちが鳥居をくぐって行く。沢蔵主稲荷のゆえか、慈眼院は結構にすぐれ、内福のようであった。

沢蔵主稲荷の隣に八幡社があった。こちらはずっと小さく貧弱だった。

八幡社のせまい境内を区切る雑木林のかげに、木の肌も新しい社があった。社だけでなく、後にしもたや風の小さな家があった。

そのむこうは縁請院という子院であり、道はその先で下り坂になり、木戸で終っていた。木戸の外は武家町である。

その新しい社と家が、猫多羅天女とかを祭った弥彦神社であろうか。

武蔵は社の前にもどった。三尺ほどの自然石が据えてあり、石の表面に弥彦神社と彫りこまれていた。

「これか」

武蔵はそこへ憮然（ぶぜん）とした面持ちで立っていた。中へ踏みこんでいって、何を言えるわけのものでもない。横瀬庄兵衛が弥彦神社の伯蔵主にかねを借りていたとして、それが庄兵衛の母親殺しとどんな関係があるのか。関係があったとしてそれを証拠立てることなどほとんど不可能であろう。庄兵衛は伯蔵主のしわざときめてかかっているが、それさえほんとうなのかどうかわからない。ことによったら庄兵衛がほんとうに錯乱して母親を斬り殺したものかもしれぬではないか。庄兵衛の母親が猫に化けたのを見たという者たちも、庄兵衛が気の毒だからそう口裏を合わせているのかもしれぬではないか。

この間から思い続けていたことが、胸の中に強くわき上ってきた。

武蔵はなんとなくばかばかしくなってきた。

その時、木戸が開いて、二、三人の男が入ってきた。縁請院前の急な坂を上ってくると、弥彦神社へと入っていった。男たちは皆、目つきが悪く、自堕落な格好をし、ことさらに肩をそびやかせていた。

男たちは社の背後の、別当の住いと思われる家の中へ入っていった。

怒号と、物の壊れる音が重なって聞えた。

武蔵は、家の窓の下に進み、屋内をのぞきこんだ。

男たちが、法体（ほったい）の大きな男をなぐったり蹴ったりしていた。

痛めつけられている男は、大きな頭に、目も鼻も口も大きく、引き千切られた袖から突き出している腕の太さは、なぐっている男たちの腿ぐらいあるのではないかと思われた。首も太く、肩は盛り上り、絵に描いたような大坊主だった。

それがまるで幼児のようになぐられ放題なぐられて、ひいひいと転げ回っている。

武蔵はその暴行を止めさせたらよいのかどうか迷いながらのぞきこんでいた。何かわけがあってのことだろう。そんなことにかかわり合いを持つのはいやだった。まして、その大坊主が伯蔵主ならばなおのことだ。

そのうちに、なぐっている方の男の一人が、窓からのぞきこんでいる武蔵に気づいた。

ぎょっとしたように、ふり上げた腕を止めた。他の男にもそれが伝って、男たちは武蔵に視線を向けた。

それから気持ちを変えたように、二、三回大坊主を小突いたり、蹴り上げたりしてから、どんと突き放した。

「こんど、町へ出てきやがったら承知しねえぞ」

「化猫だのなんだのと人をたぶらかしやがって、ふてえ坊主だ。こんどやりやがったらお寺社へうったえ出るからそう思え」

ぺっとつばを吐いた。

してみると、なぐられてそこへつんのめっている大坊主が伯蔵主らしい。

急に武蔵の胸に興味がわき上ってきた。

「その男が、化猫でも使うのか？」

武蔵がたずねると、男たちははげしい警戒の色を浮かべて武蔵を見つめた。豺狼（さいろう）のような感じだった。

武蔵はあごをしゃくった。

「その男」

男たちの視線が大坊主の上に動いた。

「化猫を使うのか？」

男たちはうなずいた。

「ああ。この坊主。猫を使って悪さしやがる」

「おれたちの縄張りを荒しやがって、このぐれえじゃすまねえんだ」

「町へ出てこられねえように、両足折っぺしょってやろうじゃねえか」

「ようし」

男たちは伯蔵主の足をつかんでひねった。

伯蔵主が悲鳴を上げた。

武蔵は窓を離れた。

ひどく興醒(きょうざ)めた気持ちだった。

あんな男に、何ができるはずもなかった。

武蔵は道へ出ようとして、ふと視線を動かすと、家のかげに、ちらと色彩が動いた。

女が身をかくすようにして立っていて、所在なさそうに、あちこちながめていた。

武蔵は二、三歩そちらへ足を動かした。

女が武蔵を認め、顔いっぱいに恐怖を浮かべてあとじさった。

「知らない。知らない。わたいは知らないよ」

女は両袖で自分の体を抱いた。武蔵を男たちのなかまと思ったらしい。

「おまえは、伯蔵主の家の者か」

「ちがう。そんな者知らぬ」

「わしはあの男たちのなかまではない」

女は疑わしそうに武蔵を見つめた。

「伯蔵主はなぜなぐられているのだ?」

「おまえさんは誰だい。何しに来たんだい?」

「か、かねを借りたいと思って来たのだ」

武蔵はとっさにそう答えた。

「そうだったのかい」

女は安堵(あんど)の声を出した。

「それじゃ、あの男たちをつまみ出しておくれでないかね」

急に横柄な口調になった。

「かね、貸してくれるかな」

「貸して上げるともさ」

「おまえが言ったとてしかたあるまい。おまえは伯蔵主とは何も関係ないと言ったばかりではないか」

「口をきいてやろうじゃないのさ」

武蔵は先ほどの窓へもどった。

伯蔵主は朱で染めた袋のようになっていた。

武蔵は腰の大小を鞘ごと抜き取ると、柄頭を握って屋内へさしのべた。武蔵の腕の長さに刀の長さが加わると、室内の向うの角まで届いた。

武蔵はそれで中にいる男たちをたたいた。はじめは何のことかわからないで、頭をかかえて逃げ回っていた男たちは、そのうちに咆哮して戸口へ殺到した。だが武蔵は、彼らを屋内から出さなかった。ついにうずくまってしまった男たちを、武蔵は容赦なく打ちすえた。

伯蔵主は息も絶え絶えの態だったが、兇漢どもがたたき伏せられたと知るや、たちまち生色をとりもどした。

「ふむふむ。このお侍さんが、あの連中をやっつけて下さったとな。なに？　おかねを借りたいと、それでみえられた。そうですか。お貸ししますともさ」

伯蔵主は、女の説明にひとつひとつうなずいていた。

「おしん。おかね、出してあげなさい。どのくらいおいりようかな」

伯蔵主は女に言いつけた。女は部屋のすみの用簞笥(ようだんす)のひき出しをあけた。伯蔵主を知らないも何もない。伯蔵主も、女が自分を棄てて外へ逃げ出し、そんな人知らないなどと言っていたのを耳にしているはずなのだが、気にしているそぶりもなく、立っていった女の後姿に目を細めていた。

「二両ほど都合願いたいが」

当時の二両は大金である。女中の給料が年に一両である。

伯蔵主の顔にちらと危惧(きぐ)の表情が浮かんだが、それでも一分銀を三枚とあとこまかいのをとりまぜ、合わせて二両を半紙にのせて差し出した。

武蔵が手をのばしてそれを引き寄せようとすると、その上に一枚の書付がふわりと落ちた。

「利子は五日目ごとに十にひとつの割合じゃ。よろしいかな」

五日目ごとに元金の十分の一の利子を支払わなければならない。

「だが、わしは、その、かたに入れる物を何も持っていないのだが」

「なに、それはよい。おまえさんはなかなか腕前がすぐれてござっしゃるようじゃ。もし、返せなかった場合は、わしの手伝いをしてもらう。どうじゃな？」

「手伝いというと……」

「つまり、今のように、わしに恨みを抱いている者が、ならず者をやとってわしを襲わせようとしたような時、わしを守ってくれる用心棒の役をつとめてもらおう」

伯蔵主は円い顔におだやかな笑いを浮かべてうなずいた。だが、その目は少しも笑ってはいない。

「よかろう。承知した」

武蔵は矢立から筆を取り出し、書付に目を当てた。

一、借金之事。に始まり、躍るような達筆で、いろいろ書いてある。

文末に伯蔵主と署名がある。それに並べて、武蔵は作州浪人、小河久太夫と書いた。

「ふむ。小河久太夫どのか。して、どちらにお住いでござるかの」

武蔵は下谷車坂の自分の住いの場所を告げた。

伯蔵主は半紙の上の二両のかねを布で包み、おしんに渡した。

「それでは小河さまのお家へうかがってお渡しするのだよ」

「いや。有難い。おおいに助かる」

武蔵はおしんを従えて弥彦神社をあとにした。

「わしは小河久太夫ではなく、他人の名をかたったものかもしれぬぞ。それに車坂下の家も、実は他人の住いであり、おまえたちが調べにゆくような所にはあらかじめ、なかまに言いふくめているかもしれぬではないか。そこまで確かめもせず、よく二両もの大金を貸すものよ」

武蔵は皮肉をこめて言った。女は少しも動ずる色もなく答えた。

「いいえ。もうすっかり調べさせていただいておりますゆえ、あやういことはございません」

「だが、わしがこの家を訪れてまだ一刻もたっていないぞ。それで、何を調べることができようぞ」

女は黙って笑みを浮かべていた。

おそろしく色っぽい女だった。まとっている衣服を透して、体の起伏がすみずみまでわかるようで、武蔵は息苦しかった。

四

十日がたち、十五日目が過ぎていった。

武蔵は約束した利子を一回も支払わなかった。

二十日目に、二人のならず者らしい男がやって来た。たいへん慇懃（いんぎん）な口調で、とどこおっている利子の分だけでも、至急支払ってほしいと言った。武蔵は返事もしなかった。二日後、午頃、今度は五人の男たちが押しかけてきた。兄貴株らしいほおに大きな刀傷のある男が、粗暴な調子で、おどしにかかった。

武蔵が黙っているのを見て、彼らは土足で家の中へ上りこんできた。武蔵は座ったままで大刀を握り、鞘ごと水平に振り回した。それはたいへんゆっくりとした動作であり、誰の目にもよけることができるものと思われた。だが男たちのうち四人は膝の皿を砕かれ、苦痛と恐怖にのたうった。

「こいつらを運んでゆけ！　帰ったら伯蔵主にこう言え！　あやうく一命を失うところを助けてもらったのを忘れたのか。十両や二十両、三方（さんぽう）に載せて運んできたとても過ぎたる礼ではないはずだ、とな」

残った一人の男は、土偶（でく）のように動いて、足を砕かれたなかまを外へ運び出した。来るぞ！　武蔵は胴震いを発した。強敵を迎える時にいつも感ずる衝き上げてくるような恐怖と緊張であった。

それから一刻程たった時、入口で人の声がした。

武蔵は大刀をつかむと土間へ出ていった。

「入れ」

外からゆっくりと障子があけられ、大きな人影があらわれた。あかるい外光を背に、人影は入口いっぱいにひろがった。

おずおずと土間へ入ってきた。

「これは小河久太夫さま。いえ、宮本武蔵さま。とんだ失礼なことをしでかしてしまいまして、申しわけもござりませぬ。猫多羅さまの月番の男達が、何やら勘違いいたしまして……」

伯蔵主は深く頭を下げた。

「なかなか上手(うま)いものだの。あの手で最後はむしり取るわけか」

「とんでもござりませぬ。きつく叱りつけておきましたゆえ……」

最初のうちは、せせら笑いながら聞いていたが、どうも真剣になってあやまっているようだ。ひたすら体を折り、土間に手をつかんばかりだ。声にも誠意がこもっていた。

「そうか。伯蔵主よ。心からわしにわびようというのだな。それならよし」

武蔵はしだいに愉快になってきた。

伯蔵主は小腰をかがめ、首だけもたげてしきりにくどくどとわびを言いつづけた。

外の陽光が灼(や)くように目にとびこんでくる。それはほとんど閃光(せんこう)のように真正面から武蔵の双眼を射貫いた。

妙だな。いつも、あの方角から陽が射しこんだかな？

武蔵は心の中で首をひねった。伯蔵主はまだ何か言い続けていた。その黒い影の頭の部分に、炬火（たいまつ）のように白く輝やく二つの目があった。その目はすさまじい意志を放散し、見る者の心を縛りつけた。

武蔵は自分の心が全く働いていないのに気がついた。目は伯蔵主の姿を映しているのに、それはただ映しているというだけで、自分の心に伯蔵主は存在をとどめていなかった。

武蔵は幼児のように伯蔵主を見つめていた。

伯蔵主が自分へ向って両手をさしのべ、それをゆっくり動かしながらしきりに何か言っていた。

武蔵は自分が夢を見ているのではないかと思った。

伯蔵主が印を結び、突出した人さし指で、天地左右を発止（はっし）、発止！　と切った。

水底から水面へ浮かび上るように、心の表層へぽかっと浮き上った。

伯蔵主が家の外へ出てゆくところであった。

消えていた警戒心が、またわき上ってきた。今ここで何かがおこなわれたらしいが、いったいそれが何なのか、武蔵には見当もつかなかった。危険が自分の身に迫っているのに、それを察知できずにいるもどかしさに似た不安が武蔵の胸を灼いた。

武蔵は室内へもどり、路地に面した小窓をあけて外をうかがった。

伯蔵主が大きな板を支え、女がその板から銀紙を剝がしていた。銀紙がひるがえり、武蔵の目に反射光を躍らせた。

伯蔵主と女の姿が路地から出てゆくと、午後の陽射しが路地いっぱいにあふれた。

遠くから羅宇(ラオ)屋ののびやかな声が流れてきた。


「御師匠さま。お待たせいたしました。久太夫にございまする」

「豊島屋仁兵衛にございまする」

入口の障子が開く音がしたと思ったら、訪ねてきた者の声が聞えた。

武蔵は居間から首をのばした。

「上れ。二人そろって、何だな？」

久太夫がふ、と口を閉して眉をひそめた。

「御師匠さま。すぐにもまかりこすべきところ、おりあしく藩邸に用事の出来いたし、お待たせいたしまして申しわけございませぬ」

「まて。久太夫。わしはおぬしを呼んだおぼえはないが……」

「は？　いえ。御師匠さまから、お呼び出しのお手紙がございました」

「久太夫。それは何かの間違いではないか。わしはおぬしに手紙など出さぬぞ」

久太夫は不審そうに首をひねった。

「して、仁兵衛どのは？」

「御師匠さま。豊島屋を同道のこと、と申されましたので」

「いや、わしは呼び出したりせぬぞ」

「はて。御師匠さま」

「これは、いかい失礼をいたしました」

仁兵衛が身を縮めた。

誰かが、武蔵の名をかたって、久太夫と豊島屋仁兵衛をここへ呼び出したのであろう。

だが、誰が。

その時、勝手口の小窓から銀色の光が射しこんできて武蔵の眼底を射し貫いた。

武蔵の体内を奇妙な衝撃が走った。

「御師匠さま」

久太夫がにじり寄ってきた。

武蔵は思わず背後へ跳び下った。

「御師匠さま」

久太夫の顔は猫になっていた。手も足も毛むくじゃらで、長い爪がはえていた。

「おのれ！」

久太夫は、鼻の頭にしわを寄せ、真赤な口を開いた。するどい牙があらわれ、久太夫は下あごを畳にこすりつけ、いざるようににじり寄ってきた。

武蔵は抜刀した。どう受けたらよいかもわからず、久太夫の動きに押されて後退した。たちまち壁に押しつけられた。

久太夫の顔が視野いっぱいにひろがった。

武蔵は刀で払う余裕もなく、その下をかいくぐってのがれた。

土間へ跳び下りて走った。そこは勝手口だった。

障子を蹴破るようにして戸外へまろび出た。

そこに女が立っていた。女は銀紙を貼った薄板を、武蔵の家の勝手口へと向けていた。

それを目にしたとたんに、武蔵の心から何かが脱落していった。張りつめていたものが失われてゆくと急速に平常な心があらわれてきた。

久太夫が勝手口から走り出てきた。その顔は本来の久太夫のものだったし、手足も、人間のものにもどっていた。

「御師匠さま」

「久太夫」

武蔵は膝から下が妙に萎え、その場へ尻から落ちた。

女が何かさけび、どこからか伯蔵主が走り出てきた。伯蔵主は武蔵の前へ仁王立になると、両手を武蔵の目の前に突き出してさけんだ。

「武蔵。おまえの弟子の小河久太夫は猫の化身だ。斬れ。斬るのだ」

女が銀紙の板を持って位置を定めると、武蔵の顔に、また光を当てはじめた。

「伯蔵主。勝機は二度とは来ぬものぞ」

地べたに尻を落とした格好のまま、武蔵は七尺の余も宙に跳んだ。

落下しはじめながら大刀をふりかぶった。石のように墜ちつつ、ふりおろした大刀が、伯蔵主の肩の、首の付根に喰いこんだ。抜け出ている切先に左手を当て、自分の体重をかけて、そのまま押し切っていった。勢いよく噴出した血が、赤い丸太のように武蔵の上半身にぶつかってきた。

女は捕えられ、番小屋へ送られた。

その後の調べによれば、伯蔵主の術は、人の心に吹きこんだ命令を、一時忘れさせ、その後、これも心の中に仕掛けられていた何かの合図によって忘れていた命令がよみがえり、術者の意のままに、殺人でも何でも犯すのだという。

伯蔵主は猫を溺愛(できあい)し、自ら猫多羅天女を祭り、篤(あつ)く信仰していたらしい。

「猫多羅さまか何か知りませぬが、化猫にかまってはいけませぬ。必ず身に禍いが起ります」

豊島屋仁兵衛は体を震わせた。

武蔵は借りた二両を、猫多羅社へおさめた。

その後、だいぶたってから、土製の粗末な猫の人形が、伝通院から送られてきたという。

大工と猫

海野　弘

海野　弘（うんの・ひろし）

1939年東京都生まれ。早稲田大学文学部露文科卒。平凡社勤務を経て美術評論家に。時代の道具や風俗を読むという独自な手法で、脚光を浴びる。世紀末美術とそれを含む〝都市〟に着目し、ヒューマニスティックな都市論を展開。その後、1920年代への関心を深め『1920年代旅行記』『モダン都市周遊―日本の20年代を訪ねて』などを著す。96年『江戸ふしぎ草子』で第4回斎藤緑雨賞を受賞。主な著書に『空間のフォークロア』『モダン都市東京』『世界陰謀全史』『アルフォンス・ミュシャの世界』等がある。

「先生、いますかね？」

外で声がした。大工の安五郎のようだ。

「おや、棟梁(とうりょう)かい。お入りなさい」

引き戸をあけるとほんの狭い土間があって、いきなり一間きりの座敷だ。私は机に向かって、本を開いている。

「いやですね、あっしは棟梁なんかじゃありませんよ。ただの下働き(したばたら)きで」

「私だって先生じゃない」

いい年をした二人の男がそんなたわいない掛け合いをやっている。私はこの男に会うとなんとなくほっとする。お互いに身よりがなく、初老にさしかかって、ある淋しさを感じているのかもしれない。人間の出会いとは不思議なものだ。私は文人や学者の仲間とつきあってきた。そこでは知的な功名心や虚栄が張りつめられていて、いやな後味をのこすこともあった。

しかし安五郎とのつきあいにはそれがなかった。彼と話していると、人間が心から好きになり、その淡いつきあいが哀しくさえ思えるのだった。つまり、おれはこいつが大好きなのだが、それでもやっぱり他人なんだ、という思いが胸をそよがせるのである。

はじめて口をきいたのは、二、三年前のことだ。その日は木枯らしの吹く寒い日で、わが家の破れ戸から隙間風が流れこんできた。破れ目に反故紙を張ったのだが、すぐにはがれて、パタパタと音がしていた。私はふるえながら、それを直そうと戸口に近づいた。なにげなく破れ目を見た私はぎょっとした。その穴から一つの目がこちらをのぞいていたからである。その目はとても大きくて光っているようで、人間の目というより、猫の目のように見えた。

その目はニヤッと笑ったように思えたが、穴から消えた。私は木戸をがらりとあけてみた。外に大柄な男がのっそり立っていた。こちらを見た顔の片目がつぶれていた。色の黒い恐ろしげな男であった。私は思わずぎくりとして、「なんだね?」といった。

「ここに穴があいていますよ」と男がぼそりといった。

「そりゃわかっているが」

「だったら、穴をふさがなきゃ。紙なんか張ったって役に立ちゃしない」

「しかし……」

「あっしは大工だから、直しましょう」

なんだそういうことか、と私は思った。仕事をさせろ、といっているのだ。押し売りのようだが、ちょうどいい機会なのでやってもらうことにした。すぐに道具箱を持ってやってきて、仕事にかかった。私は本を読んでいた。

「できましたよ」という声でふりむいておどろいてしまった。穴の上から木を当てて、などと思っていたのだが、そうではなくて、穴に木を埋めこんで、継ぎ目が見えないくらいに仕上げてあったのである。大工というより、指物師（家具職人）のような緻密な細工であった。

「いや、これは見事な腕だね」と私は感嘆していった。「いや、なーに」と彼はてれたように、恐ろしげな顔をくしゃっとさせた。手間賃を払おうとすると「とんでもない。いりませんよ。これは仕事じゃないんで。近所に住んでいるんですから」といった。

それから私たちは友人になった。知り合うとますます好きになった。近くの長屋に一人で住んでいたが、隣の家の棚をつくってやったり、塀を直してやったりして、長屋の人たちに気に入られていた。特に子どもたちは、彼が彫ってくれる木の猫の玩具が大好きだった。それは手の平に載るほどの大きさだが、とてもかわいかった。

安五郎は、この貧乏学者のどこがいいのか、よくやってくるようになった。あちこち直してくれたり、机をつくってくれたりした。

「いつも世話になるばっかりだね。それにしても、いい腕だね。安さんのようになんでも上手につくれたらいいなあ。家をつくったり、机をつくったりして、みんなに喜ばれ、役に立っている。うらやましいね。私なぞ、なんにもつくれないし、なんの役にも立ちゃしない」

「そんなことありませんよ。先生はむずかしい本を読むことができる」

「本なんか読んだって、世の中の役に立たないよ」

「そうじゃない。そうじゃないんです。あっしらは、家を建てたり、街をつくったりしている。でもそれだけじゃない。そうやって家を建てていく毎日が、これからどうなっていくのか、毎日生きていくことがどういうことなのかを考えてくれる人がいるんだ。先生はそのために勉強しているんでしょう」

私は自分を深く恥じた。安さんたちの期待に私はこたえているだろうか。なんのために読み、なんのために書いているのか。安さんの彫った猫のように、おまえの書いたものは人に慰めを与えるだろうか。否である。

「それにしても、あんたの猫はいいねえ。のんびりしていて、見ていて楽しくなる。それでいて、ネズミよけになるって評判らしいじゃないか」

「置いとくとネズミが寄ってこない、なんていう人がいるんですが、どうなんでしょうか」

「いや、今にも動き出しそうだよ」

「うれしいですね、そういってもらうと」

「本当に猫が好きなんだね」

「きっと、そうなんでしょう。猫ってのは、犬みてえに主人にしっぽをふったりしねえで、愛想がねえですからね。なんだかあっしに似ています。たぶん前世は猫だったんだろうと思いますよ。それで、今度生まれかわると、猫になってるんじゃねえでしょうか」

「そうか、安さんは猫になりきっているんだね。だからいい猫が彫れるんだな。ゆったりしていて、かわいくて、でも、眠っていてもネズミを近づけないきりっとしたとこがある。こんなに評判がいいんだから、注文をとって売り出したら、なんて道具屋の九右衛門がいっていたよ」

「とんでもねえ、そんなもんじゃありません。好きな時に彫って、できたら子どもの玩具に、くれてやるだけです。子どもがうれしがってくれりゃ、それでいい」

「もったいないなあ」私はため息をついた。でも一層、この男が好きになった。だれかに認められようとは露ほども思わずに、この男は猫を彫っている。そんな純粋さをおまえは学問に対して持っているだろうか。文章を書きながら、だれかに媚びているのではないか。私は恥ずかしくなった。それを打ち消すようにあわてていった。

「安五郎さん。私も猫がほしいな。いつか彫ってくれないか」

おどろいたように私の顔を見てから、彼はにっこりした。

「いいですとも。彫りますよ、私が一番好きな猫を。そいつをもらって下さい」

「ありがとう。一番好きな猫というと?」

「昔飼っていた奴です。いなくなっちまいましたが」

声がしめっていた。

「その話、聞きたいな」

彼の片目がきらっと光った。涙がよぎったのだろうか。

「そうですね。だれにもいったことはねえんだが。でも、あなたしか聞いてもらえる人はいないかもしれない」

そいつをゴンと呼んでいました。あっしみてえに、無愛想で、不細工な猫でしたよ。飼ったというより、どっからか迷いこんできて、居ついてしまったんで。ある雨の日、うちの土間に逃げこんできました。ずぶ濡れで、犬にでもやられたのか、あちこち傷だらけで血を流していました。近寄るとしゅうしゅういって、毛をさか立てようとしますが、寒さでガタガタふるえているんです。餌をやっても、なかなか食いませんでした。そのままほっておいて、寝ました。ところがあきれた野郎じゃありませんか、目がさめると、そいつがあっしのふとんの中でまるまっているんです。けり出してやろうかと思いましたよ。でも、なんだか憎めなくて笑っちまいました。

そのまんま、その猫は居候になりました。ゴンとつけたんですが、呼んでも返事もしません。まったく横着な奴です。あっしは独り者でしたから、猫ぐらいいてもいいかと思ったわけです。

あっしは小田原の生まれです。大工の見習いになって江戸に出てきました。ノミやカンナを使うのが好きで、腕がいいなんていわれて、うぬぼれていました。でもいつも兄弟子や親方と折り合いが悪くて、あちこち流れ歩いていました。だれにも相手にされず、ひとりぼっちで、半端な下働きばかりで、いつになっても、親方になれませんでした。今じゃ、自分が悪かったんだってわかります。それでも若い時は、渡り大工をしながら、まずまず稼いで、気楽に暮らしていました。好きな女ができて、世帯を持ちました。

苦労ばっかりかけて、なにもしてやれねえうちに、二、三日寝こんで、そのままいっちまいました。かわいそうな女でした。どうしてもっと大事にしてやらなかったかって、後になって思います。それからずっと一人です。女は遠くから眺めているだけにしましたよ。淋しくないかって、そりゃ淋しい。でもそれはてめえのせいなんだから、だれに慰めてもらおうってのも虫がよすぎるんじゃありませんか。

ゴンが迷いこんできた時、ふと、こいつもひとりぼっちで、いやがられながら、あちこち居候をして生きているんだ、と思いました。このこきたねえ猫がいとしくなりましたよ。それでゴンを飼うことにしたんです。おかしなもんで、猫でもいると、家のことが心配になります。朝出る時に、昼飯をつくって置いてきて、帰りには魚屋に寄って、なにか小魚でも土産に買ったりします。別にありがとうでもなく、ただむしゃむしゃ食って、あとはごろごろ寝てるだけなんですが、それでも、だれもいない家にもどるよりましです。

仕事場でもあまりけんかしなくなりました。もっとも、年をとったせいかもしれません。終わると、どこにもひっかからず帰るもんで、かみさんでももらったのか、とひやかされますが、猫がいるから、といって、また笑われました。猫の飯をつくって、働きに行って、帰って猫に飯を食わして、寝る。ひとが見たらつまらねえと思うでしょうが、そんな毎日に満足していました。

でも、そんなけちな生活でも、いつまでつづくわけじゃありません。ある時、あたりが暗くなって、打とうとした釘の頭がよく見えませんでした。「なんだい、もう日が暮れたのかい」というと、仲間が「なにをいっているんだ。お天道さまがカンカン照ってるぜ」といいます。あっしははじめて、目がおかしいことに気づきました。

医者に診てもらうと、重い眼病で、治らないといわれました。やがてまったく見えなくなってしまう、というのです。もう大工をやっていくことはできません。もう仕事ができない、もう終わりだ、と思ってがっくりしました。大工の安五郎はもう死んだ。立派な家やお寺をつくりたいと思ったがもうだめだ。左甚五郎のようになりたいと思ったが、むりだったな。その時、ふと、ゴンのことが浮かびました。もうあいつに魚を買ってやることができない。

石を飲みこんだような重い気分で家にもどりました。私は買ってきた魚をゴンの皿の上にのせました。あっという間に食べてしまうと舌なめずりしています。その姿に哀れを誘われました。

「かんべんしてくれ、ゴン。これまでおめえに飯を食わしてきたが、もうだめかもしれねえ。目の病いにかかってしまった。おれの目はもうすぐつぶれてしまうそうだ。そうしたら働くことができねえ。おめえに食わしてやることができない。悪いが、どっかに行って、別の飼い主をみつけてくれ」

あいつは、なんにもいわねえゴンを相手にあっしはくどくどと泣き言をいいつづけていました。なんにも聞いていないかのように、目を閉じて、ニャアともいわずに寝ていました。これからどうしたらいいか、なんにも思いつかないまま、私はぶつぶつ独り言をいいながら眠ってしまいました。

なにかやさしい手があっしの顔をなでていて、ひどくいい気分でした。おれは極楽に来たんだ、と思ったりしました。ふいに目がさめました。ひんやりしたものが目に当てられています。ゴンでした。ゴンが私の目をザラザラした舌でなめているのです。いつまでもいつまでもなめつづけています。しばらくするともう一方の目に移り、またなめはじめます。

「ああ、ゴンよ、ゴンよ」あっしはそれしかいえませんでした。ゴンを抱きしめたいと思ったのですが、そうすると、低くうなってあばれて、また目をなめつづけるのです。一晩中、そうやってゴンは目をなめてくれました。あっしは身体から力が抜けてしまって、朝になっても起きられませんでした。

そのまま、ゴンはあっしの両目をなめつづけました。昼になり、また夜になりました。いくつもの夜が過ぎたようでした。何日たったのかもうわからなくなりました。目はしびれ、厚い膜におおわれたように感じられ、鋭い痛みが次に来ました。気が遠くなりかけた時、目の中でなにかがはじけたように、さまざまな色の火花が散りました。どろどろしたものが流れだしました。ゴンのザラザラした舌がそれをぬぐっていきます。左目の膜がはがれたような気がして、明るい光が見えました。そして私の上にかがんでいるゴンの顔が見えてきました。

左目が治ったのです。ゴンが治してくれたのでした。右目はたすかりませんでした。でも片方が見えるようになったので、また大工の仕事ができるようになりました。

その後、ゴンはどうなったかですって。ある日、ふと出ていったまま、もどってきませんでした。その晩、飯を食ってから、ゴンが外に出たそうな様子なので、戸をあけてやりました。ちらりとこちらをふりかえった顔を見て、あっしは息がとまりました。いつの間にかゴンの左目がつぶれて、片目になっていたのです。「おい、ゴン！」と叫びましたが、すっと闇に見えなくなりました。それっきりでした。あいつは自分の目をあっしにくれて、いなくなったんですよ。

ゴンの話の余韻がまだ私の胸にひびいているうちに、安五郎はぽっくりあの世に行ってしまった。ある日、自分の部屋で倒れていた。卒中であった。彫り上がったばかりらしい木の猫がその前に置かれていた。この猫はきっと私のために彫ってくれたものだろうと思い、それをもらって、机の上に置いている。たった一人で淋しさに耐えて生きた男にも、物語がある。大工安五郎とゴンの物語、私はそれを知っている。

猫清（ねこせい）

高橋克彦

高橋　克彦（たかはし・かつひこ）

１９４７年岩手県生まれ。早稲田大学商学部卒。高校時代から浮世絵に興味を持ち始め、独学で浮世絵研究家に。美術館勤務を経て、83年『写楽殺人事件』で第29回江戸川乱歩賞を受賞し、作家デビュー。86年『総門谷』で第7回吉川英治文学新人賞、翌87年『北斎殺人事件』で第40回日本推理作家協会賞、92年『緋い記憶』で第１０６回直木賞、２０００年『火怨』で第34回吉川英治文学賞、12年第15回日本ミステリー文学大賞を受賞。主な著書に『炎立つ』『時宗』「だましゑ」シリーズ、『竜の柩』『浮世絵鑑賞事典』『浮世絵ミステリーゾーン』等がある。

一

「少し休んで茶飲み話などしていかんか」

左門は来客の応対を済ませて部屋に顔を見せたおこうを誘った。左門の前にはひさしぶりに訪れた春朗が画帖を展げている。わずかの間に庭の花を描いたらしい。おこうは覗きこんで感心した。本物より美しい。

「今夜は春朗が泊まる。夕餉の支度も頼む」

左門はおこうに軽く頭を下げた。これから葛飾に帰るのは大変だと見ていたおこうも微笑んで承知した。春朗は左門のお気に入りだ。賑やかな夕餉となろう。

「一之進の戻りは遅くなるのか？」

「特になにもおっしゃらずにお出掛けでした」

だが奉行所の吟味方筆頭与力という役職ではなにが起きるか分からない。真夜中の帰宅となるのも珍しくはない。

「北町に移って間もない。真面目なふりをして見せているのであろう。南町では暇を持て余して将棋ばかりさしていた男だぞ。内勤が性に合っていたとは、案外小者であった」

「筆頭与力のお方を小者とは手厳しい」

春朗はにやにやとした。

「近頃はぶすっとして冗談も言わぬ。よほど無理をしていると見える。体の疲れより気苦労の方が始末に悪い。身内が迷惑する」

「気苦労する旦那とも思えませんが」

「おこうが可哀相だと言っている。伜のやつは己れ一人で踏ん張っているつもりだろうが、本当はおこうの方こそ大変だ。日に二十人がとこ訪れる客の接待をせねばならぬ。役所で偉そうにしていれば済む伜とは大違い」

「そんな……お客さまには慣れております」

おこうは身を縮めた。嫌な座敷にも笑顔で出なければならなかった柳橋時代のことを思えばなんでもない。

「確かにひっきりなしだ」

春朗も頷いた。

「腰を落ち着ける暇もねえでしょう」

そう言っているそばからお房が呼びに来た。

「今日はそなたに用があって来たようだぞ」

腰を上げたおこうに左門は言った。

「蔦屋が春朗に美人絵を注文して参った。春朗はそなたを描きたいと言っている」

「私など……困ります」

「一之進になら遠慮は要らぬ。絵にそなたの名を記すわけでもない。眉も描いた上に歯も白くする。だれもそなたとは思うまい」

すでに春朗と交渉済みらしく左門は勧めた。

「一刻やそこらのことだ。夕餉のあとで構わぬな。儂もそなたの絵が見たい」

「旦那さまのお許しがなければ……」

「いかぬと言うたときは画帖をそのまま貰えばよかろう。せっかくのことではないか」

はい、とおこうも笑顔に戻して応じた。

二

春朗が線を引くたびに、側で見ているお鈴が驚きの声をいちいち上げる。どれどれ、と左門も覗いて本物のおこうと見較べる。おこうは照れ臭さにもじもじとなった。春朗から渡されて手にしている遠眼鏡も重い。覗いている姿勢なので腕もくたびれる。

「猫はお好きですかい？」

筆を操りながら春朗が質（ただ）した。

「ええ、とても」

「お飼いになっちゃいねえんですね」

「ええ……そうね」

飼いたいのだが言い出せないでいる。武家の屋敷の勝手がまだよく分からない。

「好きなら飼えばよかろう。儂も好きだ」

左門の言葉に喜んだのはお鈴だった。

「よろしいのですか？」

「いかんと思うていたのか？　一之進も猫好きじゃぞ。昔は野良猫の世話をしていた」

「知りませんでした」

「この分じゃとお鈴が世話係りだの」

お鈴は手を叩いてはしゃいだ。

「手頃な猫が見付かればの話だ」

「いくらでも」

左門に春朗が言った。

「ここに参る途中に立ち寄って見て来たばかりで。五、六匹はおりやした」

「そんなにいっぺんには無理であろう」

左門は噎せ込んだ。

「産まれたばかり？」

お鈴が目を輝かせた。

「子猫も居るが、たいていは大きな猫だ」

「なんだ」

「野良猫？」

おこうは首を傾げた。大きくなった猫をくれる者は少ない。

「つい最近まで猫好きに飼われていたんですがね。そのお人が死んでしまって全部が宿無しになっちまった。十五、六匹は居たはずなのに、床下に居ついているのはそれだけだ。食い物欲しさにうろついて三味線の皮にされちまったか飢え死にしたんでしょう。床下のやつらも痩せ細って今にも死にそうだった」

「近所の人が面倒を見てくれないの？」

おこうは辛い顔で訊ねた。

「どいつもこいつも気紛れな野郎どもでね。第一、手前の食い扶持で手一杯だ」

「死んだと言ったが……どんな知り合いだ」

左門も眉間に皺を寄せて質した。

「名の知れた彫師でした。蔦屋の旦那から仕事を貰ったんで半年ぶりに挨拶に出かけたんで……まさか死んだとは思わなかった」

「何歳にあいなる？」

「四十七、八でしょう」

「早いな」

「首縊りに歳は無縁ですよ」

と聞いて左門は吐息した。

「酒の毒が回ってか、一年ほど前から右手が細かく震えるようになってました。手首に石を結び付けた紐をぶら下げて震えを抑えながら仕事を続けていやしたが……とうとうそれも間に合わなくなっちまったんでしょうね。彫師の指が不自由になっちゃおしめえだ。昔は名人でならしたもんです。指が落ち着いていたら今度の仕事を組もうと思ってたのに」

「辛い話だの。武士はもともと大して働きもせぬゆえ足がこの通りでも生きていられる」

左門は自由の効かぬ腿を苛々と叩いた。

「死んだという噂が耳に入ってこなかった方が哀れでさ。どの版元からも相手にされなくなっていたんでしょう」

「身内は？」

おこうは遠眼鏡を置いて春朗と向き合った。

「ずっと以前はかみさんを持っていたように聞いてるが……今は一人暮らしだった。猫清って仇名の通り、ここ七、八年は猫が身内だ」

「猫清……」

「彫師は仕事柄、背が丸くなる。猫背とも引っ掛けている。本名は清吉さんだったかな」

自信なさそうに春朗は教えた。

「そんなに好きな人が……どうしてだれかに猫の世話を頼まずに死んだのかしら」

おこうは首を捻った。自分なら考えられない。子供と変わらないはずだ。

「だから当てにできねえ連中ばかりだと。貧乏長屋で猫さえも食いかねねえ」

「私だったら死にはしない……猫に罪はないでしょうに。残して死ねやしないわ」

おこうは断固として首を横に振った。

「自分が寂しいだけで飼っていたのね」

「ま、たいがいはそうなんだろうが……猫清のとっつぁんは自分の食い物がなくても猫にゃひもじい思いをさせねえってのが口癖だった。でなきゃ十五、六匹も飼えやしねえ」

春朗は弁明した。

「飢え死にしそうだと聞けば放ってもおかれん。飼い猫ゆえ餌の捕り方を知らんのだ」

左門は泣きそうな顔をして、

「あとのことはまたゆっくり考えるとして、明日その猫らを連れて来てはどうじゃ？」

おこうに言った。

「これもなにかの縁というものじゃろう」

「旦那さまがなんとおっしゃりますか……」

笑顔で頷きつつもおこうは案じた。

「儂が飼うと申せばよい。文句は言わせぬ」

左門はぴしゃりと口にした。

三

猫の数が多いので翌日はお鈴の他に菊弥も同行した。猫を入れる籠（かご）を荷車に乗せておこうと春朗のあとに従っている。本所の貧乏長屋というのだから八丁堀からだいぶ遠い。

「駕籠を頼めばよござんしょうに」

春朗はおこうの足を心配した。

「猫を引き取りに駕籠で乗り付けたら大仰なものでしょう。それに歩きたかったのよ」

おこうはひさしぶりの気楽な服装(なり)にせいせいした顔をしていた。屋敷ではぞろりと裾(すそ)を引き摺(ず)っていなければならない。今日は体面も憚(はばか)って歯を白くしている。町家の女が猫を貰いにいくという格好だ。

「姐(ねえ)さんもこっちに乗れば？」

お鈴が荷台から声をかけた。

「二人もじゃ本所に着く前にへばらぁ」

菊弥は余計な口を制して、

「第一、姐さんはいけねえと何度言ったら分かる。歴(れっき)とした奥さまだぞ」

お鈴を振り向くと睨(にら)み付けた。

「そもそも奥様を歩かせて、おめえが荷車ってのもおかしくねえか？」

「あたしは子供だから」

言ってお鈴はぺろりと舌を出した。

「いいわよ。お鈴もたまのことだもの。よく働いてくれているご褒美(ほうび)」

おこうは微笑んだ。風が心地好い。

着いた長屋はひっそりとしていた。こんな貧乏暮らしでは女房も貰えない。その男たちの大方が外に稼ぎに出ている。

「差配がこの裏手に住んでいる。猫を引き取りに来たと言えば大喜びしよう。死んで間もねえからだれも住んでやしねえ。勝手に上がって猫を集めてくんな」

春朗は菊弥を促して差配に会いに行った。

「ほんとに汚ねぇとこだ。糞の混じった溝に鼠の死骸が沈んでいやがる」

菊弥は覗いて鼻をつまんだ。

「これじゃ猫も遠慮するわ」

鼠の死骸をじっくり眺めてお鈴は言った。

「腐った死骸をよく見ていられるな」

「平気よ。鼠とはよく喧嘩した」

「そうか。おめえは納屋に寝泊まりしていたんだったな。鼠なんぞ屁でもねえか」

菊弥はお鈴の肩を優しく叩いた。

おこうは猫清の住んでいた長屋の戸を開けた。饐えた臭いがする。暗い部屋の隅に何匹かの猫が固まっていたようで、おこうが中に入ると同時にばたばたと逃げる音がした。

「大丈夫よ。ほら」

おこうは煮干しの袋をお鈴から貰うと取り出して床の上に撒いた。匂いにつられて猫たちが直ぐに戻って来た。見知らぬおこうに対して微塵の警戒もない。飼い猫で人に馴れていることもあるだろうが、それより空腹に耐えられないでいたのに違いない。散らばっている煮干しにむしゃぶりついている猫たちにおこうは哀れみを覚えた。数えると五匹も居る。床下に隠れていた別の二匹も慌てて現われた。おこうは煮干しを山盛りにして与えた。手元に置いても平気で寄ってくる。一番小さな猫が屈んでいるおこうの膝の上に乗ってきた。ごろごろと喉を鳴らす。

「甘えたいんだね」

おこうは背中を撫でた。子猫はその掌に頰を擦り寄せた。お鈴も一緒に背中を撫でる。

「可愛いねぇ」

お鈴は嬉しそうだった。この猫たちを暖かな屋敷に連れて帰ってやれるのだ。

「みんな首輪をしてる」

お鈴が猫たちを見回して言った。

「この子、ひなって言う名よ」

おこうは布の首輪に結び付けられている小さな木札に書かれた名を読んでお鈴に教えた。

「おひなさまの、ひな」

「そっか、額に黒い丸が二つあるからだ」

お鈴は気付いて子猫の頭を撫でた。

「ひな、ひな」

子猫が張り切ってそれに返事をした。

おこうは子猫をお鈴に預けて他の猫たちに近寄った。子猫の扱いをちゃんと見ていたようで猫たちは喜んでおこうを囲んだ。

「たま」

「まり」

「とら」

「祝吉」

「くま」

「滝太郎」

おこうは木札を見ては次々に名を呼んだ。猫たちは甘え声で応じた。名を呼ばれたのは十日ぶりぐらいのことになるはずだ。

「なんでしゅうきちなの？」

お鈴におこうも首を傾げた。滝太郎も変だ。他の猫は風貌と名がだいたい合っている。まりは子猫の頃から丸々と太っていたのだろう。今は瘦せているが丸顔で想像がつく。

「しゅうきちって、狐面みたい」

お鈴はげらげらと笑った。祝吉は自分のことと分かったらしくお鈴に近寄った。頭を撫でてくれと言わんばかりに擦り寄る。

「もう懐いちゃった」

ころんと横になって白い腹を見せている祝吉にお鈴は目を細めた。

「まだまだお腹が空いているのよ。早く連れて帰ってご飯を食べさせてあげましょう」

言っておこうは戸口に立っている菊弥に目配せした。籠に入れるのが難儀する。

「七匹とは大変だ」

左門は厨に仲良く背中を並べて汁かけ飯を食べている猫を眺めて大笑いした。今日は特別に小鰺を煮て混ぜ込んである。

「お鈴の一日の仕事がこれだけで終わる」

えへへ、とお鈴は頭を掻いた。

「あの差配は銭を受け取っているはずです」

おこうは部屋に戻る左門に従って言った。

「だから安心して猫たちの名を木札に」

「なるほど。自分なら書かずとも承知。飼ってくれる者のために記した名か」

「ちゃんと猫たちの始末をつけたつもりで首を吊ったのでしょう。許せません」

「その差配がか？」

「十八匹に増えていたとか。十一匹がきっと死んでしまったんです」

「だれぞに拾われたやも知れん。猫もそれほど簡単には死なんさ」

左門は春朗の待つ部屋に戻った。

「なかなか可愛い」

左門は猫を見た感想を春朗に告げた。

「おこうさんの言う通りですよ。あの長屋の近くでそいつを教えられていりゃ引き返

して差配の野郎を……猫清のとっつぁんは葬式代を差配に残したと言ってやしたから
ね。その中に猫のための銭も入っていたに違いねえ」

「いまさら言うても仕方なかろう。猫が嫌いな者も世の中には多い」

「けど、頼まれたのなら別だ。とっつぁんも死にきれねえ。おれもあの首輪を見てい
ながら、なんとも情けねえ話だ。ちっとも気付かなかった。こうしていても腹が立
つ」

「おこうは妙なところに気付く者じゃからな。一之進なぞより遥かに頭が働く」

「まったくだ。あのとっつぁんが猫を放って死ぬわけがねえ。迂闊(うかつ)でした」

春朗は何度も吐息した。

「祝吉と滝太郎という名に覚えは？」

自分から話を逸(そ)らしておこうは質した。

「祝吉の方は知らねえが……滝太郎は中村滝太郎のことじゃねえのかな」

春朗は少し考えてから応じた。

「近頃人気の出て来た役者だな」

左門に春朗は頷いて、

「ありそうで、ねえ名でしょう。それに、とっつぁんは滝太郎を贔屓(ひいき)にしておりやし

た」

「そうなの」

おこうは得心した。それなら分かる。

「勝川派の一人が滝太郎を絵にしやしてね。まだ今のように名が売れてなかった頃の話です。その彫をとっつぁんが手掛けた。着物の柄や道具については彫師の裁量で多少の手直しも許されちゃおりますが、顔には絶対に手を加えねえのが決まり。なのにとっつぁんは滝太郎の鼻に黒子(ほくろ)を足した」

「ほう」

左門は興味を抱いた。

「絵師はかんかんに怒ったが、黒子をつけた方がずっと似ている。それじゃ絵師に分がねえ。滝太郎は白塗りの役が多い。だから黒子も見えたり見えなかったり……絵師もうっかりとしていたんですよ。それでとっつぁんの名も高まった。と言ったって仲間うちのことですがね。だれが彫った仕事か世間には伝わらねえ。いずれにしろとっつぁんが滝太郎を贔屓にして芝居を何度も見ていたのは確かだ」

「その絵師というのはそなたか」

「分かりましたか」

悪びれずに春朗は笑って、

「すっかり似せたつもりが、たまたま厚塗りの役で黒子を見落とした。それ以来とっつぁんに頭が上がらなかった」

「そう言えば猫の鼻の頭にも小さな黒子が」

おこうは思い出した。鼻に黒子のある猫は珍しい。それで滝太郎と名付けたのだ。

「大した人でしたよ。朋輩から版元まで何人も目を通した下絵なのに……とっつぁんが見るまでだれも黒子があるとは気付かなかった。楽屋で間近に見たおいらよりとっつぁんの目の方が確かだったということで」

「私も滝太郎は見たことがあるけれど……」

おこうも小首を傾げた。鼻の頭なら目立ちそうなものだが特に記憶はない。

「惜しい者をなくしたものじゃな。春朗がそれだけ言うのなら確かな腕であったはず」

左門に春朗も大きく頷いた。

四

「一之進から滝太郎のことを聞いたか？」

翌朝、おこうが朝餉の給仕に顔を出すと左門は待ち兼ねていたように質した。

「いいえ、なにも」

「役目に関わることゆえ口にせなんだと見えるが……滝太郎が親殺しの嫌疑をかけられているらしい。が、なにしろあれだけの人気役者。奉行所に呼び出して無縁だったとなれば騒ぎが持ち上がる。それで周りから絞り込んでいるということじゃった」

偶然におこうは驚いた。

「夜更けに一之進が部屋を訪ねてきたので春朗と一緒に酒を飲んだ。そのときに出た話だ。猫のことから滝太郎に及んでな……一之進の方が目を丸くしておったぞ」

「親殺しと言えば……」

「そら、半月前の騒ぎだ。親と申したとて滝太郎の母親が後妻に入った男だそうだが……両国広小路の賑わいの中で刺されて死んだ」

ああ、とおこうも頷いて、

「でも滝太郎はその頃大坂興行で江戸には」

「頼んだ殺しと睨んでいるようだ。滝太郎には殺してもおかしくない理由がある」

左門は汁の椀を膳に置いて続けた。

「滝太郎の芸に鼻高幸四郎が惚れて、身内への養子縁組を持ち掛けていた。松本幸四郎の縁続きとなれば役者として安泰と申すもの。滝太郎は下積みから這い上がって来た男。人気があっても先は知れている。滝太郎は二つ返事で応じたものの、義理の親というのが札付きだ。自分と縁切りするなら二百両を目の前に積んで行けと滝太郎に迫った。子供の頃から育てた礼をしろというわけだ。滝太郎は三年でなんとかすると約束したそうだが……奉行所の方はそう見ておらぬ。大坂興行に出掛けているのを幸いに、人を雇って殺させたのではないかと疑っている」

「二百両とはずいぶん乱暴な話ですね」

「だが幸四郎の後押しで立役になると年に百両も夢ではない。滝太郎の方は二百両ぐらいで先行きを棒には振らぬと言い張っているそうな。年に百両ならそれにも頷ける。奉行所が慎重に運んでいるのもそこにある」

「そうですね。滝太郎は無縁でしょう」

おこうもそう思った。人に頼めばあとが怖い。苦労してきた人間なら承知していよう。

「二百両ぐらいのことで、と言うのが豪気だの。役者もなかなかいい商売だ」

「下手人はどうなりました？　確か人込みに紛れて消えたとか」

「わざとぶつかって喧嘩をふっかけた様子もあるらしい。行方は知らぬ。いきなり胸と腹を鑿のようなもので刺して逃げた。頬かむりの男がずっと付き纏っていたという聞き込みもある。だからただの喧嘩ではないと役人も目星をつけたのだろう」

「札付きの男なら恨んでいる者も他に……」

「そうに違いない。そうであろうよ」

左門もおこうとおなじ考えだった。


「すっかり馴れましたですよ」

膳を下げて厨に行くとお房が慌てて腰を上げた。猫たちと遊んでいたらしい。おこうはにっこりとした。お房がこういう柔らかな顔をしているのは珍しい。

「滝太郎や祝吉が一番人馴れしていますね。よほど可愛がられていたんでしょう」

お房は祝吉をひょいと抱えた。逃げようともせずに気持ちよさそうにしている。

「私ならこちらを滝太郎にしますのに」

「どうして？」

「顔がそっくり。こう目が吊り上がって狐顔のところが。でございましょう？」

お房は祝吉をおこうの目の前に突き出した。

「お鈴も狐面と言っていたわね」

ぷっとおこうは噴き出した。お房が指でさらに目を吊り上げるといかにもそっくりだ。

「性格もおっとりとして……いい猫ですわ」

しかし、おこうは顔を曇らせた。

「どうかしましたか？」

「滝太郎尽くし、ということになる……」

は、とお房は怪訝な顔をした。

おこうの胸はどきどきとしはじめた。

「ついさっき庭の方に」

「春朗さんは？」

おこうは慌てて春朗を探しに走った。

〈きっとたまたまの重なりなんかじゃない〉

おこうは確信を抱いていた。

問題は猫清がいつ死んだかということだ。

五

二日後の夜。

仙波の屋敷に中村滝太郎がこっそりと駕籠で乗り付けた。春朗が案内してきたのである。

お鈴も寝ないで玄関で待っていた。

こんな機会は滅多にない。

「仙波の旦那はお戻りだな？」

「さきほどからお待ちです」

滝太郎を気にしつつお鈴は丁寧に応じた。さすがに目も眩むほどのいい男ぶりだ。

お房も聞き付けて慌てて出て来る。

「お連れしましたよ」

春朗はずかずかと上がった。いつもは勝手口だが今夜は滝太郎の先導役である。

「ご隠居さまのお部屋の方に」

お房は教えた。おなじ屋敷でも訪ねた相手が左門と一之進では意味が違ってくる。

滝太郎は不安な顔で春朗に続いた。

お鈴は滝太郎が消えると歓声を発した。

「なんです、はしたない」

「私も今夜から滝太郎の贔屓になる」

お鈴はうっとりとしていた。


「まだ調べがすっかり済んだわけでもねえんだが」

仙波は楽にするようにと滝太郎に言ってから砕けた口調ではじめた。

「おめえの義父さんを手に掛けた男を突き止めた。血のついた鑿も裏庭から掘り出した」

「本当でございますか」

滝太郎は明らかな安堵を浮かべた。これで無縁だったとだいたい想像がつく。

「本所の長屋に暮らしている清吉という彫師だ。あいにくと清吉は首をくくって死んでいる。両国の一件があって二日後のことだ」

「つまり……罪を恐れてのことですか？」

滝太郎は膝を進めた。仙波のとなりには左門とおこうも同席している。

「そう取るのが当たり前だろうが……おめえ、彫師の清吉と聞かされても心当たりはねえか」

まるで、と滝太郎は首を横に振った。

「おめえの本名は祝吉だな」

「それがなにか」

滝太郎はぎょっとした。いきなり本名を訊ねられてはだれでも驚く。

「清吉は猫清と仇名されるほどの猫好きだった。十八匹も飼っていた」

ますます滝太郎は困惑の顔となった。

「その中に祝吉と滝太郎という猫が居た」

「そ、それはいったい……」

滝太郎は絶句した。唖然（あぜん）としている。

「人気役者のことだ。滝太郎と名付けて飼っている贔屓筋もいようが、祝吉までとなりゃ、おめえと無縁とは思えねえ。その猫をうちで預かっているが、いかにもおめえとそっくりな顔をしている。見せてやろうか」

「あたしはなんの関わりもございません」

滝太郎は必死で弁解した。

「分かっているよ」

仙波は笑って、

「おめえはなんにも知らねえことだ。清吉が勝手に名付けて可愛がっていたのさ」

「なんでその清吉とやらが？」

「お袋さんはおめえになんにも教えずに亡くなったらしいな」

仙波はじっと見詰めた。

「すると……もしかして！」

「そうだ。清吉はおめえの実の親父さんさ。大昔に別れた女房の名がおゆりということは、ここに居る春朗が仲間うちから聞き出した」

「あたしの母親の名です」

滝太郎は大きな溜め息を吐いた。

「親父さんは一年前から右手に震えがきて彫師として満足な仕事を続けられなくなっていた。思い詰めていたのもあったんだろうが、そこにおめえの噂を耳にした。育ててやれなかった罪滅ぼしに親父さんは今度の一件を企んだんじゃねえのかい。おめえさえ実の親とは知らねえ。繋げる糸はなに一つなかろう。役目を果たした上で首をくればだれにも分からねえことだ。おめえはそれで幸せな道に進めるということさ」

「ずっと放っていた親父が、ですか」

滝太郎はふわふわとなった。

「子を思う気持ちだけは変わらねえ。猫におめえの名をつけて可愛がっていたのでも想像がつく。特にその二匹が贔屓だったようだ」

「あたしのために親父が……そんなことならなんでもっと早く名乗ってくれなかったんです。あたしだって親父のことを……」

滝太郎は皆の前も忘れて泣いた。

「昔に春朗がおめえの似顔を描いたことを忘れちゃいめえ」

「もちろん、大事にしまってあります」

滝太郎は涙顔を上げて頷いた。

「親父さんが彫ったものだ。鼻の黒子は親父さんが付け足したもんらしいぜ」

「知りません……でした」

滝太郎は鼻水を啜り上げた。

「実の親じゃねえかと気付いたのは女房だ。猫の名が糸口となった。猫清に相応しい成り行きというものだ。庭の甕が見付からなきゃ、おめえがいつまでも疑われていただろう」

「この先どうなりますので？」

「おめえ、猫が好きか？」

「はい」

「そいつも血ってやつだ」

仙波はにやにやとして、

「清吉がおめえの実の親だと世間に広めることもなかろう。本当に無縁のことだったんだ。しかし……うちに七匹はきつい。その相談でおめえを呼んだのさ。祝吉とひなは女房も放したがらねえ。残りの五匹、おめえに預かっちゃもらえねえもんかの」

「親父が可愛がっていた猫たちです。親父と思って大事に面倒を見させていただきます」

滝太郎はそれから嗚咽した。

「やれやれ、これで安心したぜ」

仙波は胡座にかき直して、

「昨夜はおれの蒲団の上に七匹が揃って寝にきやがった。お陰で親父に組み伏せられる夢を見た。こいつが毎晩じゃ堪らねえ」

「でも今夜からはきっと寂しくなります」

おこうは残念そうな顔をした。

「まったくおめえの睨みは大したもんだ」

仙波の方はおこうに惚れ直した顔をした。

野良猫侍

小松重男

小松　重男（こまつ・しげお）

1931年新潟県生まれ。旧制新潟中学、鎌倉アカデミア演劇科卒。1977年「年季奉公」で第51回オール讀物新人賞受賞。86年『鰈の縁側』、88年『シベリヤ』が直木賞候補となる。主な著書に『ずっこけ侍』『やっとこ侍』『御庭番秘聞』『幕末遠国奉行の日記』『旗本の経済学』等がある。

一

「じつに可愛い」

長谷川冬馬は、ついに嘆声を発した。

「ほんに、いつまで見ても飽きませぬなあ」

と妻の樹緒が相槌を打つ。冬馬は樹緒の首筋と襟足を好もしげに見やって、「そよ風が吹いておる」と呟いた。

「ほら、ごらんなさいまし。こどもたち、いっせいに揉み揉みを始めましたわ」

「あれがまたいっそう可愛い」

ふたりは肩を寄せ合って、うっとりと野良猫の授乳を眺めつづける。「揉み揉み」

とは、仔猫たちが小さな手（前足）を左右交互に突き出して、母猫の乳房を押し揉む動作を表わす言葉だが、もちろん、この夫婦だけにしか通じない。

暖かな日ざしを浴びながら寺の渡り廊下に寝そべって、もうだいぶ大きくなった仔猫たちに乳を飲ませている母猫は、どうやら揉み揉みされるのが気に入らぬらしくて、しきりに長い尾を振り始めた。

「おやおや、あんなに尻尾を振って……」

樹緒は、猫が尾を振るのは不機嫌なとき、と知っているけれども、いまこの母猫を不機嫌にした原因が分からない。自分よりも猫に関する知識が豊富な夫に向かって、

「どうして……」と尋ねた。

「ちびどもは、おのれの爪が伸びて鋭くなったことに気付かぬまま、生まれ立てのころ同様に爪を出して揉み揉みいたす。こどもらの爪で母猫の乳房が、ちくちく痛むのだよ」

樹緒が、なるほど……、と納得したのを確かめてから、これも天の摂理が然らしめていることゆえ、けっしてあの母猫を非難できない、と冬馬は教えた。

「やがて、こどもらを寄せ付けぬようになる。つまり乳離れいたさせるのだ。もし……」

もし乳離れが遅れると、もっと滋養分に富む獲物を母猫が与えても、よろこんで食べないばかりか、おのれみずから獲物を捕ろうとしない。したがって丈夫に育たないし、一丁前にならないうち死んでしまう、と冬馬は重ねて教えた。

「ちょっと見には薄情なようでも、はやばやと乳離れいたさせる母猫のほうが、わが子を慈しむ善い親なのだ」

「可哀相に……。おやまあ、たいへん。もう八つ時（午後二時ごろ）になりましたわ」

ほど近くの市ヶ谷八幡宮が時の鐘を撞き始めたのである。

「おまえさまもすぐさま戻ってきてくださいまし。わたくし一人では、とても母上が気に入るようにできませぬから」

樹緒は、けたたましく言って、あたふたと駆け出した。たまたまこの場に居合わせて、なにやら怪訝な樹緒の振舞を目撃すれば、だれしも、嫁が姑の機嫌を恐れているのだ、と思うにちがいない。しかし、じつのところは、悠然としている冬馬が婿養子なのである。

この時代、幕府も諸藩府も、けっして女子に家督を許さなかった。したがって男子に恵まれない譜代の家臣が先祖伝来の家禄や拝領屋敷を娘へ遺してやるためには、どうしても婿養子を迎えて、その男子に家督を許してもらわなければならない。

いっぽう惣領でない次男坊以下の男子は、この制度の御蔭で助かった。ずっと兄や、兄の跡取り息子の厄介になって惨めな生涯を送るよりは、たとえ家付女房と舅・姑に威張られたとて一家の主になるほうがいい。運が好ければ威張らない家付女房に有り付く場合もあるし、その家が生家よりも裕福だったら、むしろ惣領に生まれないでよかった、ということになる。が、めったにそういう幸運な婿養子はいなかった。

世俗に謂う「御家人株」を売って、じつは持参金を目当てに町人の息子を婿養子にした幕臣の娘なら当然、正常に縁組した場合でも家付女房が淑やかである筈がない、と冬馬は聞き知っていたので、まるで威張らない樹緒を、めったにない家付女房、と珍重した。

兄たちや、友人たちから、「ばかめ。まだ猫を被っておるのじゃわえ。いまに正体を現わすぞ」などと脅かされたが、もう五年も経ったのに、いっこうに正体を現わさないどころか、ますます淑やかに仕えてくれている。

おまけに、「いっそう始末に負えない」のが相場らしい姑も淑やかで、さながら実の母よろしく懇ろに世話を焼いてくれるばかりか、しょっちゅう済まながっている。

「冬馬どのは、れっきとした御旗本の御家に生まれ育ちながら、わずか三十俵三人扶持のわが家なんぞへきてくだされた。こころから済まないことだと存じておりますぞ」

「とんでもない。実家の兄夫婦は、いつも、わたくしを羨ましがっております。なにしろ『百俵六人泣き暮らし』の小十人ですから」

当時、「小十人」というのは将軍が外出するときに扈従する士で、たしかに身分は御目見以上の旗本だった。しかし俸禄が百俵こっきりなので、「めしを食う家族が六人もいれば泣き泣き暮らさなければならないだろう」と江戸市民に囃されるほど生活が苦しかった。

「こどもは二人きりですが、若党と老婢を召し抱えておりますので、まるで流行り唄の文句同様な暮らしです。にもかかわらず御旗本である以上、兄は供も連れずに出掛けられませぬし、町人どもより『奥様』なんぞと呼ばれておる嫂が、まさか味噌漉を提げて買物に行かれませぬ」

奉公人へは御仕着せと相場の給金を与えなければならないし、あまり粗末な食事もさせられない。やりくりの難しさは、まさしく泣きたいほどだ、といまは亡き実母にもさんざん聞かされた。わずか三十俵三人扶持（合計四十三俵半）でも家族は三人きり。ただの一人も奉公人を使っていない長谷川家のほうが、やりくりは楽なのである。

身分は御目見以下の御家人で役職は御先手同心。三日目ごとに非番日がある。きょうは非番日なので、すぐ近くの七軒寺町に町名どおり甍を連ねている七軒の寺院、すなわち多聞院、浄輪寺、千手院、久成寺、鳳林寺、仏正寺、宝竜寺を続けて訪れ、どうか子宝を御恵みください、と祈願して回ったのだが、樹緒は出掛けるとき、いっしょに付いてきたがる実母の衣緒に、こういう心願の参詣は夫婦だけが行なう慣わしである旨を言い聞かせ、そのかわり、かならず八つ時までには帰ってきて、『南総里見八犬伝』を読んで差し上げます、と約束したのである。

衣緒は冬馬の好物を拵えて待っていた。

「やっ。これは旨そうな……」

いまにも舌舐りしそうな様子の冬馬を眺めて、さも満足げに頷いた衣緒が、こんな安上りな惣菜をよろこんでくれるから有難い、とうれしそうに言う。冬馬は、こどものころより烏賊と里芋の煮染が大好物だったけれど、この家へきてからのようにたびたび食べさせてはもらえなかった、と正直に応えた。

「樹緒。まだ少し早いかも知れぬがな、夕餉にいたそう。あすは貸本屋が『八犬伝』を取りにまいる」と衣緒が言った。

この時代、貧しい所帯を張る人々は、灯火用の油代を節約するために早く就寝した。

まだ明るいうちに夕食を済ませ、とっぷりと日が暮れるころはもう眠っている。いきおい朝は早い。旅人が出立するのも、大工・左官などが仕事場へ向かって塒を出るのも早暁の七つ時（午前四時ごろ）だった。

それにしても、まだ日の高い八つ時に夕飯を食べるのは早過ぎる。が、衣緒に魂胆があることは先刻承知だから、樹緒も素直に従った。衣緒は明るいうちに、なるべくたくさん『八犬伝』を読んでもらいたいのである。

大好物の菜で御飯を何杯も御代りした冬馬が、たっぷりと読んでやったので、すっかり満足した衣緒は、わが身の仕合わせを亡夫の位牌に報告してから自分の部屋へ引き揚げた。

「おまえさまの御蔭で、きょうも親孝行をさせていただきました。ほんに、うれしゅうございます」と樹緒が閨の夫に礼を言った。感謝の言葉こそが、いかなる睦言にも増して夫婦仲を良好にする。ふたりは、たがいに仔猫の真似をしながら、いやが上に琴瑟相和した。

二

ずっと三日目ごとに七軒寺詣でを励行している。まだ懐妊の兆候はないけれど、それぞれの寺に棲み付いている野良猫たちとは、すっかり顔見知りになった。

「お花。おまえは器量よしだねえ」

「虎太郎は並外れて手足が太い。きっと犬も怖れて逃げ出すほどの大猫になるぞ」

ふたりは、みんなに名を付けた。めいめいの名を呼んで、なにやかや話し掛けているうち、まず仔猫たちが自分の名を覚え、しまいには母猫たちも覚えた。まったく食べ物などやらないのに、ただ構ってもらいたいのか、その寺を塒にしていない連中も塀を越えてやってくる。

ところが日が経つに連れて仔猫の姿が少なくなった。どうしたのだろう、と心配した。が、おおむね猫好きの参詣人に拾われて行った、ということが分かり、ほっと一安心した。ふたりの話し声を聞き付けて、「ご案じなされますな。みんな、裕福な檀家の女隠居に抱かれて行きましたから……」と寺男が教えてくれたのである。

すると、樹緒が冬馬に言った。

「おまえさま。わが家は貧乏暮らしで名高い御先手組の同心ながら、猫一匹くらいの口を養うことはできると存じますが……」

「うむ。そなたから母上へ申し上げてみい」

その日のこと、ふたりが七軒ぜんぶ回り終えたのに、まだ虎太郎が付いてくる。

「おまえの親兄弟が案じておるぞ」

「おっかさんのとこへ帰りなさい」

ふたりが、かわるがわる言い聞かせても虎太郎は頑として動かない。やがて樹緒の足の上へ乗るなり、じっと顔を見上げながら、まだ小さい口を精一杯あけて鳴き立てた。

「虎太郎め、たいそう、そなたを慕(した)っておるな。おそらく、御新造さんの子になりたい、と申しておるのであろう」

と冬馬が言ったとたん、もう堪(たま)らなくなった樹緒は、すぐさま虎太郎を抱き上げた。

「おまえは、うちの子になりたいのだね。よしよし。では、まいりましょう」

虎太郎を抱いて帰宅し、これこれしかじかと次第を告げて許しをねがったところが、にべもなく「戻してまいれ」と衣緒に言い渡されてしまった。

「断じてならぬぞ。いまから千手院の境内へ戻してまいれ。おまえが厭(いや)なら、わたしが手籠に入れてまいる」

すぐ台所へ行って手籠を取ってきた衣緒を押しとどめ、冬馬も熱心にたのんだが、まるで人が変わったような衣緒に「よい」と言わせることはできなかった。

しかし衣緒は、もとから猫好きで、わけても牡の雉虎を好むと言う。

「なれば、お誂え向きではございませぬか」

「はて。そなたも分からぬお人じゃな。われら三人が気を揃えて慈しむうち、その子は、おのれを猫じゃと思わぬようになる。そなたら夫婦を実の親と思い込み、わがまま一杯に振舞うぞ」

「では、せいぜい孝道を教えましょう」

と言って呵々大笑したら、めったにないこと声を荒らげて叱られた。

「笑いごとでない。まじめに聞かっしゃい」

つづけて衣緒の語ってくれた奇譚が、まことに笑いごとではなかった。なかなか子宝に恵まれない夫婦が、わが子のように可愛がっていた飼猫に、やっと授かった実の子を嚙み殺されてしまった、という禍々しい咄だったのである。

「猫は魔性の獣じゃそうな。そもそも子を欲しがっておる樹緒の足へ乗るなんぞは、わが家へ這入り込むための妖術じゃ」

ふたりは猫の魔性も妖術も信じなかったけれど、乳臭い赤ん坊の口を舐めたり、顔の上へ寝そべって鼻を塞いだりはするかも知れない、と話し合った。

「母上さまのお申し付けどおり、いまから戻してまいります」

「そうか。分かってくれたか。なんぞ旨い物を親兄弟の土産に持ってまいるがよい。けっして、その子にだけ食べさせるでないぞ。かならず、みなの口へ這入るようにいたせ」

「かしこまりました」

猫がよろこんで食べる旨い物は、やはり鰹節を措いて他にない、と断言して衣緒が台所から取ってきた鰹節を冬馬が削った。さっそく虎太郎が食べたがり、しきりに鳴いてねだるけれども、いまは食べさせられない。

盆と正月以外には使わないほど長谷川家にとって貴重な鰹節を、たくさん削ってやれ、と指示する義母は根っから優しい人なのだ、と冬馬はしみじみ思った。

「樹緒。千手院さんの床下を塒にしておるのは、その子の親兄弟だけかの」

「はい」

「何匹兄弟じゃ」

「五匹兄弟でしたけれど、お花とお雪が裕福な檀家に引き取られましたそうで、いまは、この子も入れて……」

樹緒は現在の頭数を言い終えぬうちに、すぐ台所へ行って手塩皿を四枚取ってこい、と衣緒に言い付けられた。

「四枚でございますか」

「さよう。母親の分も要るじゃろうがな」

「はい。分かりました」

樹緒が虎太郎を抱いたまま立ち上がると、衣緒は両手を差し伸べて、わたしの膝に置いて行け、と言った。

「はいはい」

「ふむ。見た目より軽いが、この子は大きゅうなる。これ、冬馬どの、見さっしゃい。かように手足が太いもの」

「わたくしも、さように存じます」

冬馬は鰹節削りの手を休め、衣緒と顔を見交して、わが意を得たり、と微笑(ほほえ)んだ。

「おやまあ。そんなにたくさん……」

優に当家の一年分を削った、と呆(あき)れる衣緒が、それにしても早業だ、と冬馬を褒めた。

ついで、向こうが透けて見えるほど薄く、かつ干瓢のように長い一枚を撮み取って、つくづくと眺めながら、冬馬の手先が器用なことに感嘆した。

「これを見せたら御城の賄方だって跣で逃げ出すでしょう」

「いや。かように能く切れる刃物を使えば、だれでもこのくらいには削れます」

冬馬は、いま鰹節を削るのに用いた小柄を示して、つねひごろから手に馴染ませている理由を説き明かした。

「われら御先手同心衆は、お頭が火付盗賊改を兼ねるように仰せ付けられますると、さっそく町同心なみ以上の権能を与えられますが、わたくしも御用を承って御府内を密行いたし、悪人どもを召し捕りたいと存じます」

その際、浪人者を装って大小を差したり、博徒風に長脇差を帯びたりするよりは、ごく実直で腕力の乏しい御店者が掛取りに行ってきた、というような風を装ったほうがいい、と冬馬は考えている。

「当方を与し易しと侮った追剝なんぞが襲い掛かってまいればしめたもの、この小柄を存分に用いて召し捕るつもりでございます」

「さように危うい考えは、やめてくだされ」

などとは衣緒も樹緒も言わなかった。それどころか、ぜひとも実現させたい、と言った。

もとより御先手組の役目は、いよいよ戦になれば徳川軍の先鋒隊として敵陣へ突入すべく、手ぐすねを引いて待つことであった。なにしろ人数が多いので各人の扶持は少なく、組屋敷内の住居も粗末だが、「いざ出陣の法螺貝が鳴れば……」という戦国武士の気風を、まだ妻女や娘たちまで持っていたのである。

その点で、かれらの一部を江戸の治安維持に当たらせた幕府は、なかなかのもの、と言えよう。つねづね実戦に役立つ武術ばかりを稽古している連中へ、いわば「憲兵」のような役目と権限を与えたのだから、それなりの効果は上がった。ことに町奉行所の役人が手を付けられない不良御家人や、性悪な小っ旗本を遠慮なく引っ括って荒っぽく責めたから、めっきりと幕臣たちが行状を慎むようになって町人たちがよろこんだ。けれども、いわゆる「良民」に紛れて暮らしながら極めて残忍な手口で本物の良民を殺し、また財産を奪う盗賊どもを捕縛ないし誅殺したことは、ほとんどなかった。

いちおう紙屑買いや、飴売りなどに変装していても、竿秤や傘の柄に仕込んだ刀が見え見えで、ほんとうの悪人どもから、こいつは加役の配下だな、と正体を察知されてしまうような密行は効果がない。

「そういえば亡き父上も、いっとき天秤棒に三尺八寸の長刀を仕込まれて、いやに横柄な青物売りを決め込んだことがおありと伺っております。のう、母上さま」

「さよう。せっかく仕入れた青物は売れ残るし、せいぜい破落戸たちの喧嘩を取り鎮めるくらいが関の山で、さしたる手柄は……」

「ほう。ご先代も火付盗賊改を勤仕なされましたのか。これは存じませなんだ」

「まだ樹緒が生まれておらぬころ、お頭さまが、ほぼ三年ほど加役をなされたゆえ……」

「いまのお頭の御父君ですな」

「さよう。ごりっぱな御方じゃった」

冬馬は、がぜん気負い立った。この時代、幕府の人事は先例を尊重して、先代が無事に勤めた役職を次代の当主へも宛てがうことが多かったので、おれにも機会が訪れそうだ、そのときは……、と気負い立ったのである。

「おうおう。すやすやと寝入りおったわえ。この子をまた野良猫の境遇に戻すのは切ないが、そなたらも心を鬼にして……」

うっすらと涙ぐんで言う衣緒の膝で、すっかり安心して眠り込んでいる虎太郎を、そっと抱き上げた樹緒は、削り鰹節や、四枚の小皿を手籠に入れた冬馬と肩を並べて、また千手院の境内まで重い足を運んだ。

三

非番日ごと欠かさずに七軒の寺を詣でた甲斐があって、かれこれ二年目に男の子を恵まれた。ふたりは衣緒の同意を得て、ためらうことなく「虎次郎」と命名した。

「そなたらの気持ちは分かる。長子を次郎と名付けるのは少し変じゃがな、まるで世間にないことではない。ま、よかろう」

と衣緒は渋々承知してくれた。が、じつのところ娘夫婦をその気にさせたのは当の衣緒だったのである。

虎太郎は、たちまち大きくなった。だが、ふたりに対する態度は仔猫の時分と少しも変わらない。七軒寺を巡り始めると、どこで見張っているのか、かならず飛んできて纏わり付き、しきりに鳴き立てる。初めのうちは、「さぞかし、ひもじかろう」と胸が痛むので、ふたりは煮魚の食べ滓やら、干鱈の切れ端などを持ってきて与えた。が、まるで食べようとしない。あるとき千手院の小坊主が見て、この辺りの野良猫は御馳走に不自由してないから、そんな物は食べない、せっかく掃除した境内を生臭物で穢すな、と生意気な口調で文句を言う。冬馬が、どんな御馳走を食べているのだ、と気色ばんで問い質したところ、この小坊主は、せせら笑った。

「お武家さま、このでっけえ猫をお好きらしいから教えて上げますけどね、こいつなんざ、ちゅんちゅん地面を突っ突いている雀ばかりか、めったに地面にゃ下りてこない尾長だって、むしゃむしゃ食っちまうんですぜ。ですから、お師匠さまに伺ったら……」

この小坊主が、お寺で不殺生戒を犯す悪い猫だから懲らしめましょうか、と住職に伺いを立てたところ、阿弥陀如来の木像を噛じる鼠どもたくさん捕まえて食べるから殺生の罪は帳消しだ、と言われた。

「お武家さま。ここだけの話ですが、こいつが尾長を捕って食ったってお師匠さまは困りませんけど、阿弥陀さんの鼻が欠けたら商売上がったりですからねえ。こいつは千手院の役に立っているんですよ。ふふふ……」

「ははは……」

「ほほほ……」

冬馬と樹緒は声を合わせて笑い、いくばくの小遣銭を小坊主にくれてやった。

「お布施をいただきましたから、もう一つ教えて上げましょう。この近くの御先手組屋敷に変わった女隠居がいましてねえ……」

と、この小賢しく老成た小坊主が声を潜める。

「こいつに『虎太郎』なんぞとお侍みたような名を付けましてね、しょっちゅう会いにくるんです。こいつは名を呼ばれると、たとえ大屋根の上で昼寝をしているときでも、すっ飛んできます。そうして組屋敷の女隠居に抱き上げてもらうんですよ。なにを言ってるのかは知れませんけど、ひとしきり頭を撫でながら喋り終えると家へ帰って、あくる日の同じ時刻にまたやってきます。たぶん嫁の悪口でも言って気を晴らすのでしょう。相手が野良猫なら回り回って嫁の実家へ届く虞はございませんからね。とかく浮世は辛いもんです」

小坊主が立ち去ると、ふたりは手を取り合ってよろこんだ。

「やい、虎太郎。おまえは、しょっちゅう母上と仲好ういたしておるくせに、なぜ、われらへ告げぬのだ」

「猫は口が利けませぬから、そりゃあ無理ですよ、っておっしゃい」

ふたりの言葉が通じる筈はないのに、まるで通じたような鳴き声で虎太郎は応えた。

虎次郎が恵まれたので七軒の寺院すべてに御礼の寄進を済ませた。それからの冬馬は、もっぱら千手院だけを訪れて、しばし虎太郎と交歓の時を過ごしている。

衣緒も相変わらず、「振り売りの蜆も納豆も揺られておるから味が悪い」という変てこな理屈を捏ねて、ほとんど毎日、買物に出掛ける。樹緒は、つねづね冬馬から、「われらが母上の立ち寄り先を存じておることなんぞ申すでないぞ」と注意されているので、けっして、「きょうも虎太郎は元気でしたか」などと訊いたりはしない。

虎次郎の「箸初め」を祝う日に、お頭が「当分加役」を仰せ付けられた。

「まことに目出度い。まるで、わが家の勝手向きに合わせてくだされたようじゃの」

と衣緒が冗談口を叩くほど、よろこんだ。こんどは実務に携わるので、いろいろと御手当金が支給されるのである。いままでは当番日と言っても、ただ上司の与力に挨拶してくるだけで、ずっと非番日がつづく小普請組と大差のない毎日だった。しかし、これからは、まこと武術に物を言わす御役で「寧日なし」となるだろう。冬馬が幼時より稽古しつづけている柔術と剣術は、どれほど御役に立ってくれるだろうか。冬馬は、わずか三十坪ほどの庭へ跳び下りて、裂帛の気合を発しながら当て身の型を復習った。

いま御先手同心長谷川冬馬が属している組は、与力が十人、同心が三十人、三十五組のなかでは小人数のほうである。お頭の屋敷に全員が顔を揃えて、めいめいの役割りを申し渡されるとき、冬馬は隠密廻りを希望した。

　これ見よがしな長刀をたばさんで、おれは泣く子も黙る火付盗賊改だぞ、と言わんばかりに人々を睥睨したり、往来を闊歩できる定廻りを望む者が多かったので、すんなり希望どおりになった。

　けっして威張らないけれども、まだ現役の主婦として家事全般を取り仕切っている衣緒が、もしもの場合に備えて溜め込んでいた金を注ぎ込み、たいそう贅沢な着物を新調してくれた。

　これを着て歩けば、ありふれた御店者どころか大店の主人に見えるだろう、かならずや追剝が襲ってくるにちがいない、と冬馬がよろこんで、相応の髷を結ってくれるよう樹緒にたのんだところ、あっさり断わられてしまった。

「それは無理です。やはり髪結床へおいでになって腕の立つ職人に結わせないと……」

　衣緒も、せっかくの着物が、そぐわない髷で台無しにされ兼ねない、という樹緒の意見を容れたので、冬馬は生まれて初めて床屋へ行くことになった。

　実家にいるころは男の奉公人が、この家へ婿養子にきてから妻の樹緒が、冬馬の月代を剃って髷を結った。もちろん駄賃など取らない。しかし当然、床屋は髪結い賃を取る。

——いったい何日目に追剝が現われるだろう。まさか御褒美金の前借を願い出るわけにもゆかぬし……。こりゃあ困った。

冬馬は困っている訳を告げて、なんとか町人風の髷を結ってくれ、と再び樹緒にたのんだ。

「なにせ、お頭が当分加役を御免になるまでは毎日のことだからのう。どだい賃銭の高を知らぬが……」

さっそく衣緒が隣の家へ行って、そこの御新造から、「おとな三十二文、こども二十四文」という男の髪結い賃を聞いてきた。女の髪結い賃は五十文から三百文まで形に因ってさまざまだそうな。三人ともおどろいた。

衣緒と樹緒は互いに髪を結い合っているが、隣の御新造は嫁のくせに姑がまだ健在だったころから「御引き摺り」で、ほとんど台所仕事をしない。どうやら御飯だけは炊くらしいが、お菜は拵えず、煮豆、漬物、金平、白和など、すべて振り売りから買っている。

「わが家と同じ三十俵三人扶持の御先手同心なのに、よくもまあ所帯を張っておられるのう」と衣緒が言い言いしていたけれど、先日、御新造は少なからぬ持参金を諸方へ貸し付けて、利息を稼いでいる、という噂が立った。

「青物を三十二文も買えば、漬物、汁の実、煮付にして幾日も食べられる。毎日三十二文の髪結い賃は堪らぬゆえ、きょうの仕上がり具合を樹緒とわたしが能く見て覚えることにいたそう。きょうだけ床屋へ行きなされ」

冬馬は床屋の親方に、「蔵前風にいたしましょうか。それとも……」と訊かれて返事ができず、じつは……、と役目を明かした。

「へえ。かしこまりやした」

頭だけ大店の主人風で、ほかは貧乏御家人風の冬馬が、床屋の帰り道に、ふと思い立って千手院へ立ち寄った。もう夜だから低い声で「虎太郎」と呼んだ。ところが、いつもなら飛んでくる筈の虎太郎がまるで姿を見せない。しかし、さまざまな猫の声は聞こえてくる。どうも猫がたくさん寄り集まっているような気配がするので、そっと本堂へ近付いて目を凝らしたら、そちこちに顔見知りの猫がいて、からだを何かに擦り付けながら、さも悩ましげに悶えていた。

——やっ。木天蓼だ。ちがいない。

こどものころから大の猫好きで、たびたび木天蓼に耽溺する猫の姿態を観察したことがあるので、すぐ察しが付いた。

「この時刻に、だれが木天蓼なんぞ……」

と呟いたら、ぬっと職人風の男が現われた。

「おいらだよ。なんぞ文句でも付ける気か」

冬馬は、とっさに気付いた。この男はおれの頭だけ見て、気の弱い商人だと侮っている。われながら上手に町人言葉を操って、なぜこんなことをするのか、と穏やかに訊いた。

「ばかやろう。こいつらを片っ端から締め殺して三味線屋へ売るんだよう」

「なんと。きさま、いとわしき猫捕りだな」

「おうよ。てめえ、にやけた面をしやがって、てえそう武張った口を利くじゃあねえか」

「だまれ。武士は武張った口を利くものだ」

「はっ」と息を呑んだ男は、ようやく腰の大小に気付いたらしい。へたへたと座り込んで無礼を詫びた。おのれは錺職だけれど内職に猫捕りもやっている旨、相手が「猫捕りこそ天下第一の悪人」と思っている長谷川冬馬とは知らぬまま、とくとくとして述べ立てた。

「なんしろ、ちょっぴり木天蓼を買って、この首締め用の環枷を竹籤で作りさえすりやあ、もう元手要らずの商売ですからねえ。あそこにいる雉虎の大猫なんざ義太夫節の太棹用に、そりゃあ、いい値で売れますのさあ」

――こやつめ、とんでもないことを申す。

冬馬は、いきなり男の手首を摑んで捩じ上げた。

「いててて。あんまり乱暴なさると加役同心の旦那に申し上げますよ」

「ほう。それは善いことに気が付いたな。では申し上げろ。おれは加役同心だ。でたらめでない証拠に御証文を拝ませて遣わそうか」

「げっ」

男の驚愕ぶりが尋常でなかったことに気付いたのは、もう少し時が経ってからである。

「きさまに不殺生戒を犯させぬため、いまから荒療治をいたすぞ。ちと痛むが我慢せえ」

「荒療治って、いってえ何をなさるんで」

「きさまの利き腕を切り落とす」

「わっ。お、お、おどしっこなしですぜ」

「威しではない。まことに切る。ただし、すぐさま血止めをいたした上、医者の許へ運んで遣わすゆえ、まず命に別条はなかろう」

「じゃあ、こっちは恐れ乍ら（なが）と御番所へ……」

「御町奉行所へ訴人いたしたとて取り上げてくださらぬわえ。おれは、きさまが賽銭（さいせん）箱（ばこ）を狙（ねろ）うておったので誰何（すいか）いたしたところ、やにわに匕首（あいくち）を逆手（さかて）に突き掛かってまいったゆえ已（や）む無く……、と月番の御町奉行ならびに御寺社奉行へ御届けいたして置くからのう」

「…………」

男は泣き出した。加役同心の荒っぽさは一定の効能があるので、かれらの捕り違い（誤認逮捕）や無許可拷問（ごうもん）を幕府が容認していることを、この時代の江戸市民はみんな知っていた。

「旦那。あっしにも嬶（かかあ）や餓鬼（がき）がごぜえやす」

男は、おいおい泣きながら、いま自分が利き腕を失ったら、本業の錺職ができなくなって、女房子ともども路頭に迷い、やがて野垂（のた）れ死にするだろう、もし赦（ゆる）してくだされば、あなたさまに手柄を立てさせて上げる、と思い詰めた顔付きで言った。

「なんだと」

「あっしは、まだ引き受けちゃあいねえんですけど、じつは、せんだって友だちに、錠と合鍵を一組拵えてくれねえかってたのまれやした」

「そやつも錺職なのか」

「いいえ。さる大店の住み込み番頭で……」

「よし。もっと話を聞こう」

冬馬は男の両手首を刀の下げ緒で括り付け、同じ組の古参与力宅へ引っ張って行った。

その与力は尋問の名人で、たちまち、この男に大泥棒の一味であることを白状させた。

お頭以下、組の与力・同心と手先たちが総出で凶行現場に待ち伏せ、ただの一人も逃がすことなく一味を一網打尽にした。

「火付盗賊改」創設以来の快挙、と若年寄たちから激賞され、組一同に御褒美を下賜(かし)されたが、ことに長谷川冬馬の大手柄が評判になった。

こののち冬馬は、元錺職の手先を使って、かずかずの手柄を立て、御旗本に昇進した。

敷地が五百余坪の拝領屋敷へ、もう老齢の虎太郎を迎え入れてからのことは、また別の機会に述べよう。

薬研堀の猫

平岩弓枝

平岩　弓枝（ひらいわ・ゆみえ）

1932年東京都生まれ。日本女子大学文学部国文科卒。長谷川伸、戸川幸夫に師事し、59年「大衆文芸」発表の『鏨師（たがねし）』で第41回直木賞を受賞。以後は主に時代小説で活躍。なかでも「御宿かわせみ」シリーズはドラマ化されて人気を博し、79年には第30回NHK放送文化賞を受賞。87年から2010年まで直木賞選考委員。91年『花影の花』で第25回吉川英治文学賞を受賞。97年紫綬褒章、98年第46回菊池寛賞、2008年『西遊記』で第49回毎日芸術賞を受賞。主な著作に「はやぶさ新八御用帳」シリーズ、『水鳥の関』『女の顔』、脚本に「肝っ玉かあさん」「ありがとう」等がある。16年文化勲章受章。

一

このところ「かわせみ」は鼠の被害で悩まされていた。

夜中に天井裏を走り廻るのはまだしも、台所の土間においてあった芋や大根を齧ったり、帳場の神棚に供えてある饌米を食い散らしたりと、跳梁が激しい。

お吉が、盛んに猫の啼き真似をしたり、帚の柄で天井板を叩いておどしたりしたものの一向に効果がない。

一番、手っとり早いのは、猫を飼うことだが、客商売であれば、泊り客に猫ぎらいもいるだろうし、第一、ところかまわず爪をとがれてはたまったものではない。

石見銀山ねずみとりの毒団子を作るのも、やはり客商売としては憚られた。

で、板前があっちこっちにねずみとりを仕掛け、

「今朝は一匹ひっかかっていました」

だの、

「えらく、でっかい、どぶねずみで……」

などといっているのを、るいは憂鬱（ゆううつ）な気分で聞いていた。

仕掛けにかかった鼠は、若い衆が金網の籠（かご）ごと、大川にざんぶり漬けて水死させてから流すのを知っているからで、鼠を目の敵（かたき）にしているお吉にしても、それは気持のよくないものらしく、若い衆が川へ行く前に、不運な鼠に、

「なむあみだぶ、なむあみだぶ」

と、引導を渡してやったりしている。

「今年はどこも鼠がふえて困っているらしいよ。源さんの所は、とうとう猫を飼ったそうだ」

講武所から帰ってきた東吾（とうご）が報告して二、三日後、町廻りの帰りに立ち寄った畝源（うねげん）三郎（ざぶろう）の話によると、

「源太郎（げんたろう）が野良猫を拾って来たのですよ。鼠は出ませんが、その代り、膳（ぜん）の上の魚をくわえて行かれたり、泥足で板の間を歩き廻ったりで、女どもがぎゃあぎゃあ、さわ

いでいます」

　という有様らしい。

　十二月になって、深川の長寿庵の長助が、

「新しい蕎麦粉が信州から届きましたので」

と、自分で「かわせみ」へ背負って来た。

　ちょうど、東吾が家にいて、

「折角、来たんだ。寒さしのぎに一杯やって行けよ」

　遠慮する長助を居間へひっぱり込んだ。

「かわせみ」自慢の鉄火味噌で、熱燗を二、三本、いい調子で舌がなめらかになった長助が、世間話をはじめた。

「それが、どうも馬鹿馬鹿しいと申しますか、この御時世になにを考えてやがるんだといいてえような話なんですが、猫が行方不明になったんで探してくれろとお届けが番屋に出まして……」

　届け出たのは、柳橋の売れっ妓で小てるというので、

「可愛がってた三毛猫のおたまってのが、先月の二十九日から帰って来ねえんで、どうぞ行方を探してくれろと番太郎に泣きついて来たそうでして……」

一日に二度も三度も番屋へやって来るので番太郎の親父が困って、近くに住む岡っ引の駒吉というのにいってやったが、無論、相手にされなかった。

「まあ、そりゃあそうなんで、世の中、不景気で、この暮が越せねえとさわいでる人も少くねえというのに、たかが猫一匹のことでお上のお手をわずらわそうてえのは、駒吉の奴がむくれるのも無理じゃございません」

「でもねえ、長助親分」

と口を出したのは、おでんの鍋を長火鉢にかけていたお吉で、

「可愛がって飼っていた犬だの猫だのが急に居なくなっちまえば、やっぱり心配になりますよ」

東吾の皿に、まず好物の大根だの、竹輪だのをよそいながら同意を求めた。

「小てるって芸者の三毛猫はかわいいのかい」

長助の盃へ酌をしてやりながら、東吾が訊(き)く。

「当人の申しますには、器量よしで、大層、利口だとか……」

「親分は小てるに会ったのか」

「へえ、実は昨日、畝の旦那のお供をして、あの近くまで行ったんですが、なんと、小てるが旦那に直訴したんです」

薬研堀のところに待ちかまえていて、源三郎の前へとび出して来たという。

「源さんのことだ、話をきいてやったんだろう」

「ですが、旦那もお困りのようで……」

「八丁堀の旦那が、またたび持って猫探しも出来ねえな」

その時の源三郎の表情が目に浮ぶようだと東吾は笑ったが、長助は気の重い顔をしている。

「まだ、なにかあるのか」

「いえ、その……小てるの奴が、定廻り(じょうまわ)の旦那にお願いしたから、必ず、おたまの行方は知れると町内に触れ歩いて居りまして……」

「源さん、色っぽい女にすがられて、調子のいい返事をしたんだな」

「とんでもねえ。小てるの思い込みでございますよ」

「まあ、どこかから、三毛猫を拾って来てやることだよ」

それにしても、他人の飼い猫を盗んで行く奴がいるとしたら、江戸に鼠が増えたせいではないか、いや、さかりがついて、どこかへしけ込んでいるのだろうなぞと、その夜の「かわせみ」では笑い話で終ってしまった。

数日後、東吾は「かわせみ」へ遊びに来ていた麻生(あそう)家の花世(はなよ)を本所の屋敷へ送り届けての帰り、万年橋のところで、畝源三郎に出会った。

源三郎の背後に長助がついている。更に一足下って、若い岡っ引が一人。

「これから柳橋へ行くところです」

嬉しそうな顔で源三郎がいった。

「どうも、女と猫はしつっこいので厄介ですな」

「三毛猫探しの一件かい」

なんとなく源三郎と肩を並べる恰好(かっこう)で、東吾も川沿いの道を歩き出した。

「今度は、なんだってんだ」

長助が背後の若い男をちらとみて、東吾に答えた。

「この野郎が、つまらねえことを、旦那のお耳に入れやがるもんでして……」

若い男が、東吾へ向ってぺこりと頭を下げた。

「お世話をおかけ申します。駒吉と申しやす」

源三郎が苦笑し、長助が話を続けた。

「この前、お話し申しました小てるでございますが、猫の立ち廻りそうな先を一軒一軒訊いて歩きまして、とうとう、薬研堀の彦四郎という隠居が、おたまを抱いて行ったのを見たって奴をみつけましたんで……」

「で、いたのか、おたまさんは……」

「居りません」

といったのは駒吉である。

「隠居は、なんといっているんだ」

「そいつが……旅に出てますんで……」

「なんだと……」

「先月末から箱根へ湯治に行って居りまして、留守なんです」

「家にゃ、誰もいねえのか」

「悴の源七、といっても養子ですが、それと女房のおたねが働いて居ります」

「商売は……」

「貸本屋で……」

東吾が面白そうな表情をした。

「俺も、ちょいと行ってみよう」

両国橋を渡ると広小路で、薬研堀はその西側、大川から流れ込む水が掘割で止まっている。

水はよどんで濁っている。が、深さはかなりのもののようだ。

駒吉が先に立って行ったのは、薬研堀の行き止りのまん前、米沢町三丁目の角の家で西側は武家屋敷、堀の向いは松平丹波守の下屋敷で、町屋としては一番奥のほうだから夜なんぞはひっそりするだろうという所にある。

もっとも、東と北側は町屋、それも柳橋の花街で料理屋の、それもなかなか立派な店がまえが並んでいる。

貸本いろいろ、と書いた布看板の出ている小さな店先へ男四人が立った時、なかから甲高い女の声がした。

「姐さんも、いい加減、しつっこいじゃありませんか。いくら、いわれたって肝腎のお父つぁんが留守なんですから……」

青白い顔で目を吊り上げている女を、傍の男が制した。

「まあ、お待ち。小てる姐さんだって酔狂で家へお出でなさるわけじゃないんだから……」

店先の人影へぎょっとしたような視線を向けた。すかさず、源三郎がずいと土間へ入る。

「旦那、来て下さったんですか」

店先に立ちすくんでいた女がふりむいて、源三郎にすがりつきそうな素振をみせた。

縞のお召に黒縮緬の羽織、つぶし島田がなんともよく似合う女で、東吾はこれが柳橋の小てる姐さんかと内心、うなずいた。

女にしては上背があり、勝気そうな目鼻立ちは、どこか、源三郎の女房のお千絵に似ている。ということは、源三郎の好みの女だ。

「あたしは、なにもいやがらせで来ているんじゃありません、おたまちゃんのみえなくなった二十九日に、ここの御隠居が、うちのおたまちゃんそっくりの三毛猫を抱いて歩いているのを、そこの橋ぎわの煎餅屋の小僧さんがみたといったから、もしやと思って訪ねて来たら……旦那、見て下さい」

いきなり、小てるが右手を開いた。掌に金色の小さな鈴がのっている。

「これ、うちのおたまちゃんのつけていた鈴なんです」

源三郎が節くれ立った指で、その鈴をつまみ上げた。

「どこにあった」

「すぐ、そこです」

小てるが指したのは、この店の前の道である。

「うちは、人様の猫なんぞ盗んで来やしませんよ」

叫んだのは、上りかまちに立ちはだかっている女で、駒吉がそっと東吾に、

「女房のおたねで、むこうが亭主の源七です」

と教えた。

源七のほうは三十のなかばだろう、男にしては華奢な体つきだが、実直そうな感じがする。女房は、青筋立てて怒っていなければ、まず平凡な働きものというふうで、おそらく亭主に手伝って本の片付でもしていたのだろう、裾をはしょって、襷がけという恰好である。

小てるが何遍いったらわかるんだろう、と呟いた。

「あたしはなにも、こちらの御隠居さんが、おたまちゃんをさらったなんていってませんよ。もしも、御隠居さんが猫を抱いて帰って来なすったのなら、その猫はそれからどっちへ行ったのか、もし、お心当りがあったら教えて下さいって頼んでいるんです」

亭主の源七が、軽く頭を下げた。

「それが、あいにく、わたしも女房も、親父が猫を抱いて帰って来たなんてのを見ていないんですよ」

源三郎が鈴を小てるに返してから、源七夫婦にむき直った。

「たかが猫一匹のことだが、飼主にしてみれば我が子同然に可愛がっていたもの。もし、なにか心当りがあれば、いってやるがよい」

「心当りもなにも……」

源七が途方に暮れた様子で続けた。

「こちら様がおっしゃる、先月の二十九日でございますが、手前どもは親父と一緒に夕餉をとりましたが、その折にも、この家には猫一匹居りませず、親父の口からも猫の話なぞ全く聞いて居りませんので……」

東吾が源三郎の脇に立った。

「ところで、ここの隠居は留守だそうだな」

長身の侍がもう一人出て来たので、源七は怯えたような表情になったが、

「へい、箱根へ湯治に行って居ります」

と応じた。

「出かけたのは、いつなんだ」

「三十日の朝早くで……」

「帰りは……」

「さあ、決めて参りませんでした。親父は旅が好きで、しょっちゅう、あちらこちらへ出かけて居ります。今度も箱根で湯治をしたあと、体の調子がよければ、正月は伊

勢参宮をしてみたいなぞと申しまして……」

「相当の長旅だな」

「隠居の気楽な身分でございます。それに、あちこちに旅で親しくなった知り合いもありますとか……」

「路銀はどれほど持って出たのだ」

源七が女房と顔を見合せた。

「よくは存じません。なにしろ、親父はかなり金を持って居りまして、それをどのように遣って居りますのやら……」

女房がいった。

「あたしからは、五両、取り上げて行きましたよ」

「大金だな」

今年は気候不順で、秋になり米の値段が上った。江戸では金一両で米は五斗四升二合五勺という相場だが、実際には、もう少々、高値で売られている。

が、一両あれば大人一人が一年間食べられるほどの米が買える。

「ここの隠居はよく旅に出るらしいが、出かける度に、そんな大金を渡してやるのか」

「そんなことはございません」

　源七が遮った。

「このたびは伊勢へ足を伸ばすかも知れないと申しますし、そうなれば知人を訪ねて京大坂へ出ることも考えられますので……」

「隠居はいつも一人旅か」

「町内の皆さんからお誘い頂いて参ることもございますし、一人の時も……近頃は一人がのんきでよいなぞと申しまして……」

「三十日の旅立ちには、誰か見送ったのか」

「女房が両国広小路まで……手前は風邪気味で、家の前で別れを申しました」

　東吾が小てるへいった。

「どうも、肝腎の隠居が留守じゃ埒あかねえな」

　彦四郎は小てるの猫を捨て猫かなにかと間違えて、抱いて来たのかも知れないが、

「そこは畜生のことだ、このあたりで逃げ出したのだろう。その時に、首の紐についていた鈴が落ちたか……」

　駒吉が鼻をうごめかした。

「それ見ねえ、俺のいった通りじゃねえか。もう、人さわがせはいい加減にやめねえ

と、お前さんも人気商売だ、評判を悪くしちゃあ座敷にさわるぜ」

小てるが黙って家を出て、東吾がすぐ後に続いた。

「すっきりしねえ顔だな」

広小路へ歩き出しながら訊いた。

「あそこの隠居が、おたまちゃんをつれて行ったのは間違いないんです」

低いが、きっぱりした口調であった。

「うちのおたまちゃんはお利口で、知らない人が頭を撫でようとしただけで逃げます。だから……」

「彦四郎とは知り合いか」

「時々、本を届けがてら、うちへ来るんですよ」

稼業が貸本屋であった。

「あたしはあんまり読みませんけど、おかあさんだの、傍輩だのが、とっかえひっかえ借りてますから……」

「彦四郎というのは、いくつだ」

「五十二、三じゃありませんか」

「猫が好きなのか」

「大好きみたいですよ。うちのおたまちゃんにも、しょっちゅうお土産を持って来てくれましたし……でも、おたねさんが猫ぎらいなんで、家では飼えないって、こぼしていたことがあります」

「彦四郎なら、おたまちゃんは大人しく抱かれて行くと思うのだな」

「ええ、あたしの次になついていましたからね、それに井筒屋の小僧だって、貸本屋の隠居が猫を抱いて行くのを見ているんですから……」

　ふっと声を落していった。

「あたし、猫殺しはおたねさんだと思います」

「猫殺し」

「おたねさんは猫がきらいだから、隠居がつれて来たおたまちゃんを見て、叩いたか放り投げたかして、殺しちまったんじゃないかと思うんです。隠居がいってたことがあるんです。うちの嫁は生きものを殺すのが平気で、いつかも罠にかかった鼠を薪ざっぽうでぶち殺したって……」

「そいつはすごいな」

　源三郎と長助が追いついて来て、東吾は小てるにいった。

「とにかく、俺も調べるだけは調べてやる。もう、あんまり動き廻らねえで、お上にまかせとくんだ」

小てるはびっくりしたように東吾を眺めたが、忽(たちま)ち、目に涙を浮べた。

「ありがとうございます。何分、よろしくお願い申します」

肩を落して広小路を横切って行った。

「東吾さんも、いい女には弱いようですな」

源三郎がささやき、東吾は長助に訊いた。

「小てるの家は、どこなんだ」

「柳原同朋(どうぼう)町でございます」

とすると、両国広小路を横切って神田川のほうへ入ったあたりであった。

「もし、貸本屋の隠居が、猫を抱いて帰ってくりゃあ、このあたりを通るわけだな」

広小路へ出る角の店が井筒屋という煎餅屋であった。

小僧が一人、店の前の掃除をしている。

「お前、この奥の貸本屋の隠居が、猫を抱いて帰って行くのを見たそうだな」

東吾が気易く声をかけ、小僧は帚の手を止めた。

「小てる姐さんの猫だといったわけじゃありませんよ」

「二十九日の夕方か」

「晦日の前の日だったから……」

「隠居は自分の家のほうへ帰って行ったんだな」

店の奥から、主人らしいのが心配そうに出て来た。

「また、小てる姐さんの猫のことで、なにか」

東吾が破顔した。

「どうも、猫はたたるな」

主人に訊いた。

「三十日に、貸本屋の隠居が旅に出たのは知っているか」

「おたねさんが午すぎに煎餅を買いに来て、また、お父つぁんが箱根へ湯治に出かけた。暮が来て、なにかともの入りなのに、年寄りは勝手で困るとこぼして行きましたから……」

「成程」

井筒屋の前を通って広小路へ出た。

米沢町三丁目、二丁目、一丁目と広小路に面してずらりと商家が軒をつらねている。

「この中で、朝の早い店はどこだ」

東吾が長助に訊き、長助が家並みを眺めてから答えた。

「蕎麦屋は間違いなく、朝が早ようございますが……」

一丁目に若松屋という蕎麦屋の暖簾がみえる。

「よし、行ってみよう」

東吾が歩き出した時、駒吉が薬研堀のふちを走って来た。

今まで、源七夫婦をなだめていたらしい。

「どうも、猫、猫と責めたてられて、だいぶまいって居りますんで……なにせ、かみさんが猫ぎらいで、猫と聞いただけで寒気がするとか……」

歩きながら東吾が駒吉に訊いた。

「彦四郎ってのは、この土地の人間か」

「今のところへ来て二十年にはなるんじゃありませんかね」

駒吉の父親の話だと、

「なんでも、若え時分はお侍だったとか」

くわしいことは知らないという。

「さっき、小てるに訊きそこなったんだが、猫が居なくなったのに気がついたのは何刻頃なんだ」

「気がついたのは、夜、お座敷から帰って来て、だそうですが、居なくなったのは多分、夕方だろうてえことです」

芸者屋は日の暮れ刻から忙しくなる。

大体、八ツ下り（午後二時すぎ）から湯屋へ行き、髪を結ってもらって着替えをし、声のかかっているお座敷へ出かけて行くのが暮六ツ（午後六時頃）あたりであった。

「小てるの話だと、湯屋から帰って来た時は縁側の日だまりに寝そべっていたと……」

「その日、彦四郎は芸者屋へ来ていたのか」

「へえ、新しい絵草紙を届けに来て、あそこの婆さんと芝居の話をして帰ったというんですが……」

「帰った時刻は……」

「よくわかりませんが、芸者衆が湯屋から帰って来たあたりで、婆さんも忙しくなりますんで……」

妓達に腹ごしらえをさせてやったり、着付を手伝ったり、こまごまと用がある。

話相手がなくなれば、自然、彦四郎も腰を上げることになる。

「時刻からすると、井筒屋の小僧が猫を抱いて帰って行く彦四郎を見たというのと平仄（ひょうそく）が合うな」

「だからって、源七夫婦が猫をかくしているとは思えませんが……」

不満そうな駒吉を後に、東吾は若松屋へ入って行った。

長助が心得て、すぐに主人の幸兵衛を呼んで来た。

「手間を取らせてすまないが、この家で一番の早起きは誰なんだ」

「それは、職人でございます」

「呼んでくれないか」

出て来た蕎麦職人は万三といい、ぼつぼつ初老という年である。

「あんたは、この店の住み込みか」

万三がうなずいた。

「一昨年、女房に先立たれまして、悴は日本橋のお店に奉公していますんで、こちらへ御厄介になって居ります」

「寝る場所はどこだ」

「へえ……」

店の奥が土間で、その右側に仕事場がある。仕事場から二階へ梯子段(はしご)があり、上った狭い部屋が万三の起居するところであった。

格子をはめ込んだ小窓は広小路の通りに面している。

「あんたは早起きだそうだな」

「旦那が、あまり無理はするなとおっしゃいますが、この年になりますと、夜明け前には目がさめてしまいます」

およそ七ツ半（午前五時頃）には起き出すといった。

「その代り、夜は早くに休ませてもらっていますんで……」

「先月晦日の朝だが、三丁目の貸本屋の隠居が旅立って行ったのを知っているか」

「へえ、存じて居ります」

二階から下りて、まず店の戸を開けた。

「目の前を人が通って行きまして、あとからそれが貸本屋の隠居とわかったんですが、後から女が声をかけまして道中気をつけて、なるべく早く帰って下さいよ、と二度ばかり申しますのが耳に入りましたんで、一足二足、外へ出てみますと、おたねさんが傍へ来ました」

「あんた、貸本屋を知っていたのか」

「彦四郎さんは蕎麦が好きで、よく店へ来ますし、嫁のおたねさんは内職に仕立物をしてなさるんで、こちらのお店でもお内儀（かみ）さんが贔屓（ひいき）にしていなさいまして……」

「わかった。それで、おたねはなにかいったのか」

「今、お父つぁんが箱根へ湯治に行ったと」

「彦四郎とは話をしなかったのか」

「手前が店から出ました時には、もう広小路の角を横山町のほうへまがって行きましたんで……朝靄の中に後姿がみえました」

「顔は見なかったのか」

「へえ」

「しかし、戸を開けた時、店の前を通って行ったんだろう」

「頬かむりをして笠をかむって居りましたんで……」

傍から主人の幸兵衛がいった。

「晦日は、源七さんが蕎麦を食べに来まして、お父つぁんが、また、旅に出たと申しました。年の暮に箱根へ湯治とは、いい御身分だと冗談を申しまして……」

「彦四郎は、よく旅に出るらしいな」

「大層、旅好きで、年に二、三度は出かけて居りますとか。ここの町内でも、時折、大山詣でとか、月見、花見の遠出の催しがございますが、彦四郎さんは欠かしたことがございませんくらいで……」

若松屋を出ると、源三郎がいった。

「ついでと申してはなんですが、名主の家へ寄ってみますか」

駒吉には、もう帰ってよいといい、長助だけがお供について米沢町の名主、小西左衛門の家へ行った。

名主だけに、小西左衛門は彦四郎の素性を知っていた。

「お侍の出と申しましても、ごく身分の低い、それも渡り奉公のようなことをしていたと申します。彦四郎さんというのは力自慢で、若い時はそれでもいいが、いつまでもそうも行かないと、世話をしてくれる人があって貸本屋の養子に入りました」

それが今の薬研堀の家だといった。

「当時は女所帯で、彦四郎さんの女房になったおすみさんと母親の二人暮しだったんでございます」

この聟入りの世話をしたのは、地本問屋の近江屋平八で、

「と申しましても、近江屋の先代の主人でございます。彦四郎さんは読本のようなものを書いては近江屋へ持ち込んでいたそうですが、とても売れるような代物ではなく、それで近江屋から絵草紙などを仕入れていましたおすみさんのところへ聟に入ることを承知したのでございましょう」

おすみのほうでも男手が欲しかったので、この縁組はうまくまとまったものだとい

う。

「五、六年ほどして、おすみさんの母親が歿(なくな)りまして、その時に、もし、この先、夫婦の間に子が出来なかったら、遠縁に当るおたねという娘を養女にするよう遺言があったとか。結局、その通りになりまして、おたねさんが二十の時に、それまで手代として働いて居りました源七を聟にしましたので……」

つまり、彦四郎にとって、源七とおたねは血の続きのない養子夫婦ということになる。

「彦四郎は旅好きで、始終、出かけてばかりいるそうだが、源七夫婦にしてみれば、とんだ費(つい)えだろうな」

東吾の言葉に名主が首を振った。

「まあ、それはそうでしょうが、二人とも、働き者のようでして……」

小てるの猫の話も耳に入っていたが、

「猫などと申すものは、首に縄をつけておくわけにも参りませんし……」

まさか、彦四郎が旅に連れて行ったわけでもあるまい、と笑っている。

帰りは横山町へ出た。

この通りは本町通りへ続いている。

「東吾さんは彦四郎に、なにか疑念をお持ちなんですか」

源三郎に訊かれて、東吾はちょいと横町をのぞいた。

その道は薬研堀に抜ける路地で、片側は武家屋敷、もう一方は米沢町の町屋だがいわゆる料理屋が続いていた。

日の暮れ時で、客を出迎える時刻だが、その入口は大抵が逆の方にあるらしく、この路地には黒板塀がひっそり並んでいる。

「別に、これというほどのことでもないんだが……」

すたすた歩き出しながら一人言に呟いた。

「どうも、猫が気になるんだ」

二

師走だからといって、なにも一日が短くなったわけでもないのに、慌しく暦が進んで、道ばたで猫をみかけるたびに、東吾は少しばかり憂鬱になった。

「かわせみ」へ来る長助の話では、小てるの猫は、まだみつからないらしい。

お上にまかせておけと大見得を切った手前、東吾にしてはどうも具合が悪い。

で、その日、日本橋の本町通りまで、るいと暮の買い物に出た帰り、

「宗太郎のところを廻って帰るから……」

るいをお吉と一緒に帰して、自分は横山町へ向った。

両国広小路へ出て、柳原同朋町へ路地を入ると、

「旦那……お役人の旦那」

派手な駒下駄の音がかけ寄って来て、

「おたまちゃんのこと、なにかわかったんですか」

小てるが軽く息をはずませている。

これから湯屋へ行くところだったのだろう、下馬つきの縞の着物に、半天をひっかけている。

「すまないが、まるっきり手がかりはないんだ。お前のほうに、なにかいい話はなかったかと思って……」

「わざわざ、寄って下さったんですか」

うっとりした表情で、小てるが寄り添い、東吾は慌てた。

「その後、なにかあったか」

「なんにも……」

片手を東吾の肩へあてがって、小てるは所作のようないい立ち姿で、東吾を下から仰いだ。

「耳に入るのは、いやな話ばっかり……」

聞いて下さいますか、と誘われて、東吾はあたりを見廻した。往来の人々が、にやにや笑いながら、こっちを見て行く。

「往来で立ち話もなんだ、蕎麦でもつき合わないか」

小てるは喜んでついて来た。

行った先はこの前、話を聞いた若松屋で、主人は東吾の顔をおぼえていた。が、その背後から小てるが入ってくると、戸惑ったふうで、頭を下げる。

東吾はかまわず、隅の席を占めた。

種物に酒を一本。小てるがいい手つきで東吾の盃に酒を注ぎ、東吾も小てるに酌をしてやった。

「いやな話って、なんだ」

「貸本屋が、あそこから出て行くらしいんですよ」

「源七夫婦がか」

「あたしがあんまり猫のことで嫌がらせをしたので、すっかり気が滅入ったとかで、とりあえず夫婦で隠居のいる箱根へ湯治がてら行って来る。もし、隠居が承知したら、あそこを売って、他の土地で商売をするって、名主さんに話したんですって」

「それで、もう、箱根へ発ったのか」

「まだ、いますよ。でも、箱根へ行くのに金がいるからって、本や家財道具を売ってしまったって聞きましたから……」

「随分と急だな」

源七夫婦について、漠然と感じていた疑惑が急に大きくなった感じであった。

「あの夫婦が旅に出たら、なんとか、あの家の床下を掘ることは出来ませんかね」

酒を飲みながら、小てるがとんでもないことをいい出した。

「床下に猫が埋めてあるというのか」

「夢を見るんですよ」

うつむいて、ぽつんといった。

「おたまちゃんが、まっ暗な地の底みたいなところで、あたしに助けてくれって啼いているんです」

「あんた、よくよく猫が好きなんだな」

「おたまちゃん、捨て猫だったんです。あたしも似たようなもんだったから……」

「あんたが捨て子……」

「親がおき去りにしたんですって。おっ母さんが男と逃げて、お父つぁんは別の女の所へ行っちまって……三つの時だったって聞いてます」

他人の家を転々として、十三で芸者屋へ売られて来た。

「おたまちゃんって、猫のくせにあたしに似てたんです。人みしりで、意地っぱりで、寂しがり屋で……」

店の前を、男が三、四人、走って行くのが暖簾越しにみえた。

その一人が駒吉とわかって、東吾はすばやく金をおいた。

「ちょっと、行ってみる。あんたは家へ帰ってくれ。今の話、源七のことは、友達に相談してみるから……」

だが、小てるは東吾について来た。

両国橋の手前で、東吾は駒吉に追いついた。

「若先生……」

駒吉が血相を変えていた。

「薬研堀に猫の死体が浮いてまして、そいつが……」

小てるがかけ出し、男達がそれを追い越して突っ走った。

大川は、このところ水かさが落ちていた。今は引き汐(しお)の時刻で、更に橋桁(はしげた)がむき出している。

その大川に続く薬研堀は、常よりも濁ってよどんでみえた。

人が固ってさわいでいる。

堀水の上に猫が浮いて、漂っていた。

体に紐のようなものが、からまっている。

その紐の先は水面下へ続いて、よく見ると、なにか黒く大きなものが動いているようであった。

「駒吉、猫と、その紐の先のものをひき上げるんだ。気をつけろよ。下手に水ん中へ落すと、とんだことになるぞ」

東吾にどなられて、駒吉は若い衆に命じて大川のふちにもやってあった小舟をひっぱり出した。

何人かが、身軽く舟にとび乗る。

東吾の背中に小てるがとりついた。

男達が小舟の上から注意深く、竿(さお)を水面へのばしている。

まず、猫の死体が取り上げられた。その体に巻きついている紐をそっと引く。

「若先生、長持でござんす」

駒吉がいい、東吾はそれで決心がついた。

「引き上げさせろ。それから、誰かを源七の家へやってくれ。もし、源七夫婦が逃げ出すようなら、かまわねえから、ひっくくれ」

駒吉がさっと緊張した。

「そういうことなら、あっしが……」

流石(さすが)、江戸の岡っ引で、ことの重大さがぴんと来たらしい。

「おい、手前ら、あとは若先生のお指図を受けろ」

舟の上の連中にどなっておいて、ぱあっと背を向けた。

長持がさんざん苦労したあげく、漸(よう)く小舟の上へおさまった。

「蓋(ふた)を開けろ」

堀のふちから、東吾が命じ、半分、開きかかっていて、辛うじて紐がまつわりついているのを、若い男がはずして、なかをのぞいた。

なんともいえない声を上げる。

「人が……人が……」

「よし、こっちへ漕(こ)ぎ寄せるんだ」

指図をしている東吾の背にしがみついて、小てるが、がたがた慄(ふる)え出した。

長持から出て来た死体は、ひどく傷んでいたが、着ているもので、彦四郎とわかった。

家から逃げ出そうとした源七とおたねは、駒吉にとり押えられて、番屋に曳(ひ)かれた。

「それじゃ、源七さん夫婦が彦四郎さんを殺したんですか」

一件落着後の「かわせみ」の居間で、お吉が、もう何度も上げた金切り声をまた出した。

大体が化け猫だの幽霊だのに、滅法、弱い女ときている。

「お上のお調べに対して、源七夫婦が申し立てたそうだ。彦四郎はまだ、それほどの年でもない中に隠居と称し、好きな旅ばかりをして暮していたらしい。旅に出れば、それなりに金がかかる。貸本屋で得る金は知れている。隠居が湯水のように金を費消しては、暮しもままならぬ、女房のおたねは縫い仕事をして家計を助けたが、それでも火の車だ」

働いても働いても、生活は楽にならず、隠居の彦四郎だけが好き勝手な日々を送っている。

「おまけに彦四郎は力が強く、源七夫婦が苦情をいい立てると暴力をふるったという」

文句があるなら出て行けというのが彦四郎の口癖で、源七夫婦にしてみれば、今、出て行けば、これまでの歳月は只働きになると思い、ひたすら耐えているしかない。

「忍耐にも限度はあるだろう。源七もおたねも、彦四郎さえ死んでしまえばと考えるようになっていたのだ」

とはいえ、親殺しは重罪である。

「源七夫婦は、さまざまの手だてを考えていたようですな」

といったのは畝源三郎で、久しぶりに腰をすえて飲んだせいか、かなり赤い顔になっている。

「機会は思いがけずやって来たのでして、二十九日の夕方、彦四郎はすっかりなついている小てるの猫が自分を追って来たので、つい抱いて家へ帰って来た。猫ぎらいのおたねが早く返して来てくれというのを無視して、猫を懐中に入れて酒を飲んでいる。頭に来たおたねは、以前に買っておいた石見銀山ねずみとりの薬を、鰊の粕汁の中に放り込んで、彦四郎に食わせたというわけですよ」

鰊の粕汁は彦四郎の好物で、しこたま食ったあげく、気分が悪いと寝てしまった。

そこへ源七が帰って来て、念の入ったことに紐で彦四郎の首を絞める。

「夫婦が力を合せて、家にあった長持に彦四郎の死体を入れ、漬物石を重しにして、草木もねむる丑三ツ時、薬研堀に沈めたのです」

源三郎が変な手つきをしたので、お吉の顔色がいよいよ青くなった。

貸本屋は薬研堀の突き当りの前で、近所は武家屋敷に囲まれたところだから、首尾よく誰にも気づかれずに長持を沈めることは出来たのだが、驚いたのは、小てるが猫を訊ねて来たことであった。

「そのことなんですが……」

神妙に話に加わっていた長助がいった。

「あっしがわからねえのは、なんで猫が一緒に沈められたんで……」

源三郎がお吉のほうを見て、もったいらしく笑った。

「そのことはあとで話すとして、東吾さんはどうして、源七夫婦をあやしいと思ったんですか」

黙々と飲んでいた東吾が首をかしげた。

「どうしてといわれると困るんだが、最初にあの家を訪ねた時、あの夫婦がやけにびくびくしていただろう。たかが、猫一匹の詮議に、なんだか奇妙だという気がしたんそのあげく、猫が行方不明になった翌日、彦四郎が旅に出た。

「箱根へ湯治に行くばかりか、場合によっては伊勢参宮、あげくには京大坂まで足をのばすかも知れねえという大きな旅に出るというのに、彦四郎は小てるの芸者屋でもその話をしていない。こいつは小てるに訊いたんだが、半日近くも世間話をしていて、その旅のことを口に出さないってのは怪訝しいじゃないか」

更に、井筒屋には晦日の午後、おたねが煎餅を買いに来て、わざわざ、隠居が今朝、箱根へ発ったと喋っている。

「若松屋には源七が蕎麦を食いに来て、やっぱり、彦四郎が旅に出たことを告げている。その上、蕎麦職人の話だと、いつもの時刻に店の戸を開けたら、彦四郎らしい男が旅姿で通りすぎ、それに対しておたねが二度も声をかけて、おまけに傍へ来て、今、発ったのは彦四郎だと念を押している。こいつはちょいと念の押しすぎだと思ったのさ」

もう一つ、貸本屋から横山町の通りに出る路地があり、そっちのほうがずっと近道だというのに、何故、彦四郎が薬研堀から両国広小路へ出て大廻りをして旅立って行ったのか。

「近道のほうは武家屋敷と料理屋の黒板塀ばっかりだ。夜明け前に、道を歩いて行ったって、誰も顔は出しゃしない。そこへ行くと広小路のほうは商売屋だ。一丁目には朝の早い蕎麦屋があって、そこの職人は年寄りだから、七ツすぎにはもう表戸を開ける。つまり、その前を通れば、彦四郎が旅に出たという生証人に出会えるわけさ」

源三郎が東吾の盃に酌をした。

「成程、そこまでは気がつきませんでしたよ」

るいが亭主の顔を惚れ惚れと眺めていった。

「彦四郎さんに化けたのは、源七なんですね」

「その通り、適当に彦四郎らしくみせて、あとは人目につかないよう笠だの手拭の頬かぶりはやめて、源七らしく家へ帰って来ていたんだ」

得意そうな東吾にうなずいて、源三郎が咳ばらいをした。

「では、お吉さんに、猫の種あかしをしましょうか」

源七夫婦を取調べた結果、

「あの二人は、猫が長持の中に入っていたことを知らなかったんです」

「なんでございますって……」

「二人が申すには、逆上していて、彦四郎を長持に入れる時は夢中だったから、いつ、どうやって、猫が入ったのか、全く、見当もつかないと……」

お吉が怯えた声になった。

「じゃあ、どうやって……」

「考えられるのは、猫は彦四郎の懐中に入っていた。彦四郎が毒入りの粕汁を食べて、ひっくり返った時も、首を絞められた時も、その懐中にいた……」

「まさか……」

「つまり、彦四郎が食べたのは鰊の入った粕汁です。猫好きの彦四郎は食事をしながら、毒入りとは知らず、鰊を猫にも食わせたのではないか……」

「それじゃ、猫ちゃんも彦四郎さんの懐の中で死んでいたと……」

「少くとも、毒のせいで動けなくなっていたと考えられます」

夫婦は猫ごと、彦四郎を長持へ入れて紐をかけた。

「そこまではまあ、説明が出来ますが、ここからは、どうでしょうか」

事件のあと、薬研堀をさらって、重しに使った漬物石をみつけた。

「水の中で紐が切れたんですな。重しの石がはずれて、長持の紐がゆるんだ。そこから猫が流れ出した。ところが、この猫の体にどういうわけか、切れた紐の一部がからみついた。それで、猫が浮んで人目に触れ、紐をたぐって長持が上ったんです」

東吾が笑いを抑えていった。

「やっぱり、猫のたたりだろう。猫は魔物というからな。小てるの奴も、猫の夢を見るといっていた。猫が暗い底で、助けを求めて、にゃお、にゃおと悲しい声で啼いている」

「やめて下さい」

お吉が悲鳴を上げ、耳にふたをしてとび出して行った。

「では、手前もお暇しましょう」

源三郎は立ち上って、るいの膝を枕に横になろうとしている東吾へいった。

「忘れていました。柳橋の小てるが、是非東吾さんにお礼を申し上げたい、一度、ゆっくりと膝突き合せて飲みたいから、春永になったら、お遊びに来て下さいとの伝言でした」

色男は羨しいですな、と長助をうながして源三郎が出て行き、東吾はるいの膝から邪慳に放り出された。

「馬鹿、小てるってのは源さん好みの女なんだぞ、背が高くて、気が強そうで……あいつの女房にそっくりなんだから……」

雨戸に風の音がしていた。

もう十日足らずで正月が来る。

編者解説――文学における「猫」の位置づけ

澤田瞳子

近年は空前のペットブームだという。なるほど道を歩けば犬の散歩に当らない日はないし、書店にはいわゆる犬本・猫本といったペット関係書物があふれている。

この動物を愛でる気持は昔も今も変るものではなく、中でも猫は文明の最初の愛玩物といわれるほど、古今東西さまざまな人々から愛されてきた生き物である。

――夕顔の　花嚙む猫や　余所ごゝろ

これは江戸期の俳人・与謝蕪村の句。宵闇にほの白く開いた夕顔に猫がじゃれつくこの光景は、けだるい晩夏の夜の空気とあいまって、どこか夢心地なものを感じさせてくれる。

――猫の妻　へついの崩れより　通ひけり

こちらは人には真似できない猫たちの恋のおおらかさ、きままさを愛らしく描写した、松尾芭蕉の名句である。どちらの句にも猫たちへの温かな眼差しと、その自由さを愛でる気持がうかがわれよう。

この『大江戸猫三昧』収録の作品には、愉快な猫・勇敢な猫・ちょっと不気味な猫と実にさまざまな猫たちとそれを取り囲む人間たちが登場する。どの猫も生き生きと身近に感じられ、読後には思わず窓の外に猫の姿を探すこと請け合いである。時代小説を読みなれた読者諸姉諸兄はもちろん、歴史には興味はないが猫好きという方々にも、時代小説の入門編として楽しんでいただけるであろう。

本作を手に取られた方々が江戸の人々と猫を愛する心を共有し、自由闊達なる猫三昧境に遊んで下さることを祈って、以下に簡単な収録作品の解説と猫にまつわる文学史を付す。

「猫騒動」岡本綺堂

作者の代表作「半七捕物帳」の一編。今や時代小説に欠かせない一大ジャンルである捕物帳は、大正六年「文藝倶楽部」掲載の半七捕物帳第一話「お文の魂」を嚆矢とする。

時は明治、かつて「三河町の半七」と呼ばれ、今は引退して赤坂に住まう半七老人のもとをシリーズの狂言廻しである新聞記者「わたし」が訪れ、お江戸に起きた様々な事件を聞くというこの捕物帳全六十九話の中には、この他、三味線に合わせて踊る仔猫（「三河万歳」）や、娘に化けて駕籠に乗る黒猫（「槍突き」）が登場する。しかしそのいずれもの謎が、半七によって見事に解き明かされている中、猫好きな老婆殺害の謎に挑むこの「猫騒動」は、犯人は明らかにされながらも、どこか不気味さを残した結末が異色の作品である。

猫騒動といえば、岡崎・鍋島・有馬の三大猫騒動が有名だが、半七が語るこれは江戸の市井に起きた猫騒動。江戸時代の奇談集『耳囊』巻の二「猫、人につきし事」にヒントを得た作品である。

猫好きが昂じて近所から顰蹙を買った末、愛猫を捨てざるをえなくなった老婆の不審死。化け猫が直接出現するわけではないが、一度は捨てられた白猫が二本足で老婆の元に戻る描写などは、物静かながら鬼気迫るものがある。

とはいえ、そんな不可思議な猫騒動に遭遇した半七自身が隠居所で三毛猫を飼っているあたり、彼もまた猫に「とりつかれた」人物なのかもしれない。

「黒兵衛行きなさい」古川薫

短編集『獅子の廊下の陰謀』所収の、御前試合に出場する男の半日を描いた作品。

主人公の妻と飼い猫・黒兵衛が魅力的な組み合せとして登場し、一種の「内助の功」物語とも読むことが出来る。

ところでこの〈黒兵衛〉は古川薫の同名の飼い猫がモデル。自分を人間だと思い込み、甘ったれだが気性がはげしく、作者のボディーガード役だという。

下関生まれの古川薫は幕末維新にテーマを取った作品群で知られるが、連作短編『秘剣「出撃」』や『海潮寺境内の仇討ち』など下級武士を主人公とした短編にも定評がある。また幕府を震撼（しんかん）させた抜荷事件「竹島事件」を題材に、国禁を犯して密貿易に手を染める男たちの生き様を描いた異色の海洋時代小説『閉じられた海図』、南北朝を舞台とした『炎の塔　小説大内義弘』等、幅広い時代を舞台にした骨太な長編も多い。『坂本竜馬』『高杉晋作』『勝海舟』といった「時代を動かした人々」シリーズの発表や、講談社学術文庫版・吉田松陰『留魂録』の訳注・解題の担当といった活動も、史料に忠実な作者ならではといえよう。

また『十三匹の猫と哀妻と私』は、作者を取り巻く家族と猫の日々をつづった私小説風エッセイ。先妻への鎮魂の思いを込めて書かれた、夫婦の情感の伝わってくる一冊である。

「猫のご落胤」森村誠一

「非道人別帳」第一集『悪の狩人』に収められた作品。実は猫好きという作者は、同シリーズ第五集『紅毛天狗』収録の短編「猫の自殺」にも猫を登場させている。そこでは大店の夫妻が服毒死した猫の葬式を出したことが全体の鍵となるのだが、この「猫のご落胤」は裕福な隠居五兵衛が、婀娜めいた女・おつねと飼い猫の取り持つ縁から親しくなったのが全ての始まり。猫で始まった事件が猫によって終るというストーリーのみならず、猫医者あり、左右の目の色の違う福猫ありの猫好きにはこたえられない要素満載の好短編である。

江戸市中で起こった凶悪犯罪に、南町奉行所のはみ出し者・臨時廻り同心祖式弦一郎が挑むこの「非道人別帳」は「オール讀物」に連載された全八冊のシリーズ。このほか氏の短編時代小説といえば、病葉刑部という天涯孤独の浪人を主役とした「刺客請負人」シリーズ全六冊がある。社会派ミステリーの代表者として名高い作者だけに、どちらの連作の一編を取ってしても人間とはなにかを人間味濃厚な時代を借りて追求した、長編に劣らぬ重厚な作品といえよう。

「おしろい猫」池波正太郎

短編集『にっぽん怪盗伝』中の一編。池波正太郎といえばテレビで有名となった「鬼平犯科帳」「剣客商売」シリーズしか知らないという読者は多いが、これは非常にもったいない。

『にっぽん怪盗伝』はその名のとおり、後の鬼平犯科帳シリーズにつながる「江戸怪盗記」「正月四日の客」、『雲霧仁左衛門』の母胎ともいえる「熊五郎の顔」など盗賊に題材を取った短編を収録した、作者の代表作のエッセンスの詰まった興味深い作品集。そもそも作者の盗賊ものは、盗賊たちを単なる犯罪者としてではなく、闇に潜まざるをえない人間たちとして描き出すところに特色がある。善悪とは別の尺度で生きる者たちを通じ、人の世の哀しみを浮かび上がらせる点においては、作者の右に出る者はいないであろう。

浮気相手の女の男へのいやがらせは、相手の家の飼い猫の顔におしろいを塗ること——言葉にしてしまうと他愛がないが、艶(つや)めいた年増が白い指を伸ばし、三毛猫の鼻先におしろいを塗るところを想像すると、なにやら首筋がくすぐったくなるような色気が感じられるではないか。子供じみているがゆえにかえって色っぽく、また恐ろしい男女間の秘密のやり取りに、二人の幼馴染である掏摸(すり)〈お手玉小僧・栄次郎〉の欲がからむさまは、作者の筆力の真骨頂といえよう。

ところで江戸の町を縦横に描ききった作者は、「伊勢屋の黒助」という短編も発表している。これは文久二年（一八六二）成立の『宮川舎漫筆』に所載される、本所回向院に今も墓が残る猫の報恩奇談に着想を得たもの。江戸の人情味溢れた好短編なので、興味のおありの方はぜひそちらもご併読いただきたい。

「猫姫」島村洋子

恋愛をテーマにした藤水名子監修の時代小説アンソロジー『しぐれ舟』収録。これまでの四篇が市井の猫を描写したものであるのに対し、本作は打って変わって江戸城大奥を舞台としている。

大奥の権力者の愛猫の世話係として取りたてられ、将軍の寵愛を受けるようになった主人公、その後を追うように同じく将軍の側室となる妹。計らずも対立する者同士となった二人が、直接関わりを持つ場面は作品中ほんの一度。その代わりに両者をつなぐものとして設定されるのが白い猫たちである。姉妹の栄光と凋落の傍らに常に寄り添うこの猫は、彼女たちの無垢な少女時代の象徴ともいえよう。

二十歳代で少女小説家としてスタートを切り、以後数多くの作品を発表してきた島村洋子は、常に〈恋愛〉という激情を主なテーマとしながらも、対象に向ける視線は常に冷徹である。時代短編集『惚れたが悪いか』は、八百屋お七・高橋お伝・四谷怪談のお岩・唐人お吉・おはつと徳兵衛など、情念に己が身を焼いた七人の女たちの生き様を独自の観点で描いた著者初の本格時代小説集。どのような激しい感情であれ、淡々とした筆致で描ききるこの独特の姿勢こそが、すでに人口に膾炙した物語に新たな解釈を与えたといえよう。

「化猫武蔵」光瀬龍

ネオ剣豪小説の副題を持つ『新宮本武蔵2』収録。冒頭に引用があるように、本作も岡本綺堂「猫騒動」と同じく、『耳嚢』に着想を得たものである。萩尾望都が漫画化した『百億の昼と千億の夜』はじめ数多くのSF作品を発表した日本のSF小説のパイオニアの一人である光瀬龍は、同時に優れた時代小説家でもあった。『新宮本武蔵1・2』は、長編時代小説『秘伝・宮本武蔵』の後に相次いで刊行された、SF的要素を随所に取り込んだ意欲連作。作者は折に触れ、自身の時代小説の原点はチャンバラにあると語っているが、なるほど光瀬流武蔵は吉川英治の求道者『宮本武蔵』とはかけ離れたもの。更に奇天烈な機械やロボットや幽霊たちが登場し、独特の世界が構築されている。とはいえ本作を読めば判るように、それを伝奇時代小説と容易く言い切ってしまうことは適切ではない。たとえば戦国期の軍師・山本勘助が現れ武蔵と対決する「江戸闇勝負」、武蔵に完敗した男が〈もいちど不動〉に願をかけて再度の対戦に挑む「もいちど武蔵」にせよ、いずれもそこにあるのはまさしく剣と恋と陰謀のからんだ「チャンバラ」の世界。

『百億の昼と千億の夜』においてあらゆる時空間を自在に活写した作者にかかれば、伝奇的要素ですらその世界を装飾する一部に過ぎないといえよう。

「大工と猫」海野弘

現在四巻まで刊行されている江戸市井の人風景を描いた短編集シリーズ、『江戸ふしぎ草子』『江戸星月夜』『江戸よ語れ』『江戸妖かし草子』『江戸まぼろし草子』の中、第二巻『江戸星月夜』収録。原本には作者による解説が付されているので、ここに引用しておく。

〈大工が飼い猫に目を治してもらった、という話は幕末に出された『真佐喜のかつら』という本に出ている。著者の青葱堂冬圃は深川の商人で、幕府の政治に批判的であったため、江戸を追放されているらしい。江戸は家康によって急激に作られたニュータウンであったから建設事業が進み、たくさんの大工がいた。神田には大工町ができた。幕府の作事方に属する上級の大工の他に、町大工がいた。江戸は火事が多かったから、そのたびに建築ブームとなり、大工の稼ぎもよかったから、それを一晩でつかって宵越しの金を持たないといった江戸っ子の大工が多くあらわれた。幕府は大火の後、大工の賃金が上がるのを取り締まったりしている。それでも、一般の大工は家族を養うのが大変だったという〉

作者の海野弘は平凡社『太陽』の編集長を経て、現在は評論家として活躍中。世紀末・二〇年代を中心に、幅広い分野で芸術文化論や都市論、風俗論等を展開しているが、特に『アール・ヌーボーの世界』でそれまで日本で馴染みの薄かった世紀末文化を身近なものとした人物でもある。氏の時代小説は都市空間としての江戸の理解の上に成り立っている点が特徴的であり、まさしく「江戸小説」と評価すべき作品群といえよう。

「猫清」高橋克彦

北町奉行所筆頭与力の妻にして元芸者の主人公が、舅と力をあわせて江戸の怪事件に挑む連作短編集『おこう紅絵暦』所載。現代ミステリーからホラー、SF小説・時代小説と幅広いジャンルで活躍中の作者は、浮世絵の専門家としても名高い。猫好きの彫り師通称・猫清の死の謎を、残された七匹の猫たちから解き明かす本作は時代ミステリーとしても申し分なく、作者の面目躍如というべき一編であろう。

『写楽殺人事件』でデビューを飾り、日本推理作家協会賞を受賞した『北斎殺人事件』、『春信殺人事件』など浮世絵をテーマとした長編ミステリーを次々発表した高橋克彦は、舞台が現代という点から、かつては時代小説好きの読者からは少々縁遠い作家であった。しかし全五巻の大作『炎立つ』を皮切りに『火城』『時宗』といった歴史長編を上梓して以降の活躍ぶりには、目を見張るものがある。シリーズ短編ならば幕末明治維新直前の横浜を舞台とした『完四郎広目手控』、剣の達人を主人公に幡随院長兵衛・天海僧正が活躍する娯楽時代小説の王道ともいうべき『舫鬼九郎』、平安京を舞台に陰陽師（おんみょうじ）・弓削是雄（ゆげのこれお）が怪異に挑む『鬼』の各シリーズと、独自の切口であらゆる時代に挑む作者は、今や伝奇時代小説には欠かせぬ筆者の一人である。

「野良猫侍」小松重男

短編集『羅漢台』（文庫化にあたり『のらねこ侍』と改題）所収。小松重男の描く江戸の人々は、皆珍奇でありながら真面目で、どこか憎めない愛嬌を持っている。この謎あり色気あり、ユーモアありのタッチは、こと武士道の奇妙奇天烈さを描かせれば当代一流であろう。しかしこの作者は同時に綿密な考証の点でも定評があり、趣向をこらしたストーリーとあいまって、人々の生のたくましさを織り出す絶妙のスパイスとなっている。たとえば「『おとな三十二文、こども二十四文』という男の髪結い賃」という詳細など、江戸風俗の書物を紐解いてもなかなか判るものではない。さらにさりげなく「青物を三十二文も買えば……」と記され、当時の貨幣価値について学べるのも、この作者ならではである。本作を含む『のらねこ侍』ほか、珍妙な侍たちをテーマとした作品群に『ずっこけ侍』『やっとこ侍』『蚤とり侍』『でんぐり侍』『川柳侍』などがある。その中の一編「三毛猫侍」(廣済堂文庫『やっとこ侍』所収)は、猫が取り持つ縁で若夫婦と知り合った浪人が、男女のまぐわいを覗き見させる商売を始める物語。一種の艶笑小説でありながらも卑猥に流れないさわやかな読み口の好短編であり、機会があれば是非ご併読いただきたい。

「薬研堀の猫」平岩弓枝

御宿かわせみ『かくれんぼ』所収。作者の代表作である同シリーズは、昭和四十八年(一九七三年)のスタート以来、既に二五〇話を越える長寿連作。今や掲載誌である「オール讀物」の顔といっても過言ではない。その人気の理由は様々あろうが、一つには登場人物のしっとりとした人間模様と彼らのやりとりの微笑ましさが読者を魅了し、「かわせみ」の客ならしめると思われる。

ところで本作の冒頭では「かわせみ」が鼠の出没に悩まされる場面があるが、猫を鼠を取るものとして重用することは古今東西共通している。中国でも鼠の害から穀物・書物を守るものとされ、北宋の陸佃（りくでん）（一〇四二～一一〇二）は「苗を害する鼠を猫が取るため、猫という字のつくりは苗なのである」と述べているほどだ。幕末には貼っておくだけで鼠の害を防ぐという「鼠よけの猫」の絵が売り出され、広く流布したという。

本作は猫好きには哀しい幕切れであるが、勝気な深川芸者小てるが飼い猫の行方を尋ねて回る、本アンソロジーの最後を飾るにふさわしい江戸情緒あふれた一編である。

近代以降の文学と猫については『文学の中の「猫」の話』（お茶の水文学研究会編・集英社）や『猫の文学散歩』（熊井明子著・朝日文庫）など、有名な夏目漱石の『我輩は猫である』や内田百閒の『ノラや』等を中心にした解説書も多い。そこでここからは、本書『大江戸猫三昧』に至るまでの日本文学と猫について述べていこう。

日本文学史上の猫の初見は、平安前期成立の説話集『日本霊異記（りょういき）』。ここには死んだ男が猫に生まれ変わって息子のもとに帰るという物語が収録されているのだが、不思議なことにそれ以前、すなわち奈良時代成立の史料には猫は全く登場しない。
『日本霊異記』からほどない寛平元年（八八九）、当時二十三歳の宇多天皇は日記『寛平御記』に、自分の飼い猫について記している。これは大宰府の長官だった源精が御所に献上した猫で、「唐猫」すなわち外来種だったと考えられる。宇多天皇はこの「墨のような漆黒で、うずくまると黍の粒のように小さくなり、伸びをすると弓を張ったように長くなる。目はあるときはたくさんの針を散らしたようにきらきらと輝き、あるときは鉾のように揺るがぬ光を放つ」猫を大変可愛がり、当時は大変貴重だった牛乳で作らせた粥を与えていた。

また宇多天皇から六代後の一条天皇も大変な猫好きで、「命婦のおとど」と名づけられた猫を飼っていた。この猫は生まれたときから内裏中の注目の的で、当時の中納言・藤原実資は日記『小右記』長徳五年（九九九）九月十九日の条でこう記している。

――今日は内裏で猫の子の産養いがあり、女院（皇太后詮子）や左大臣（藤原道長）、右大臣（藤原顕光）も出席した。乳母として、馬の命婦が付けられたらしい。これを聞いた人々は皆、笑ったというが、本当に奇怪なことだ。いまだかつて、動物に乳母をつけるなど聞いたことがない。

産養いとは、平安時代の貴族の風習で、赤ん坊が生まれて三・五・七・九日目にそれぞれ祝宴を開くこと。しかも乳母までつけられたとなると完全に人間並み、いや天皇のお気に入りなのだから貴族級の扱いである。

一条天皇の後宮に仕えた清少納言も『枕草子』の中でこの猫について触れており、それによるとこの命婦のおとどは殿上に必要なので、従五位下の位を与えられていたそうだ。従五位下といっても判りづらいが、役職でいうと陰陽寮や大炊寮(おおいのりょう)の長官、もしくは少納言と同じと考えれば、その寵愛の度合いが判るだろう。

さて『枕草子』によれば、この命婦のおとど、ある朝、高欄でまどろんでいたところを翁丸という犬に吠えかかられ、びっくりして御簾(みす)の中に飛び込んだ。そこでは一条天皇が朝食の最中だったからさあ大変。天皇は猫を〈懐に入れさせたまひて〉官人を呼び、犬を打擲(ちょうちゃく)して追放するよう命じる騒ぎとなったのである。第十三回鮎川哲也賞受賞作である森谷明子の『千年の黙(しじま) 異本源氏物語』は、この命婦のおとどの母猫の消失事件を、紫式部を探偵役に描いた平安ミステリー。ここでも藤原実資が苦々しげな面持ちで、帝の猫好きに小言を述べているのが面白い。

――高欄にいとをかしげなる猫の、あかき頸綱にしろき札つきて、はかりの緒、組のながきなどつけて、ひき歩くも、をかしうなまめきたりこれも引き続き『枕草子』の一文。猫は当時、つないで飼うのが普通で、背中だけが黒く、ほかは真っ白な猫がよい猫とされたそうだ。そんな美しい猫が赤い首輪に白い札をつけ、長い組紐でつながれているさまを、清少納言は「なまめかしき（優美な）もの」として褒め称えている。

このように王朝時代の貴族層で盛んだった猫を飼う風潮を、物語中で効果的に用いた作品が紫式部の『源氏物語』若菜・上巻である。

時は春三月、舞台は光源氏の邸宅・六条院。この日催された蹴鞠（けまり）の会にやってきた太政大臣の長男柏木は、最近源氏のもとに降嫁した女三の宮のことを思っていた。柏木はかつて彼女を妻にと望んでいたのだが、年齢と官位の不足を理由に許可されなかったのだ。そのとき、小さい唐猫が他の猫に追いかけられて御簾の裾（すそ）から走り出してきた。しかも小猫がつけていた綱のせいで御簾がまくりあがり、中にいた女三の宮がはっきりと柏木に見えてしまったのである。当時、高貴な女性が男の目の前に姿をさらすなど、ありえないことであった。

この猫の起したハプニングのおかげで女三の宮を初めて目のあたりにした柏木は、以後、狂おしいばかりに彼女に恋焦がれる。彼は猫好きの東宮に女三の宮の猫の珍しさを述べ、東宮が猫を所望して献上させるや否や、巧みにそれを自分の手許に引き取ってしまう。ここで猫は柏木にとって女三の宮の代わりともいえ、猫が自分の懐で「ねうねう」と鳴くのを聞いて、「寝よう寝ようなんて積極的だ」とまで想像するのである。その挙句、彼は女三の宮と密通を遂げるのだが、その晩、柏木は彼女のもとで猫の夢を見る。猫の夢は懐妊の予知夢といわれており、この一夜によって、女三の宮は柏木の子を身ごもったのである。これが彼らの悲劇の始まりとなるのだが、男女の出会いから懐妊までが猫に導かれるというこのエピソードは、まさしく日本の「猫小説」の白眉というべきであろう。

一方、これから百年ほど後に成立した説話集『今昔物語』には、うってかわって大の猫嫌いの荘園領主が登場する。吝嗇で年貢滞納者のこの男、本名は藤原清廉、通称「猫恐(ねこおじ)の大夫」。国司が年貢を取りたてようと、彼を部屋に閉じ込め、そこに大猫五匹を放ったところ、清廉は顔色をかえて汗みずくになり、いわれるままに税米の支払い証文を書いたという。なお杉本苑子は『今昔物語ふぁんたじあ』でこの話を下敷きにした、見事な短編小説を書いているので、オリジナルとともに読み比べるのも一興とお勧めしたい。

さてここまで登場してきた猫は、すべて普通の(?)猫たちであった。しかし中世に入ると、猫には不思議な力があるとの認識が始まったらしく、妖怪めいた猫たちが史料に現れるようになる。

まず『本朝世紀』久安六年（一一五〇）の条に「猫」と呼ばれる化け物が近江・美濃間の山中に出たと記されるのを皮切りに、藤原定家の『明月記』では猫股という化け物の出現、『古今著聞集』では背中から光を放つ猫や秘蔵の守り刀をくわえて逃走した唐猫の話などが次々と記されるのだ。南北朝期の随筆『徒然草』では、飼い犬が飛び付いてきたのを猫股と間違えて狼狽する法師が出てくるので、この頃には「猫＝魔性を秘めたもの」との認識は一般的だったのだろう。

これが近世以後のいわゆる「化け猫」に伝承されるのだが、中世においてはもう一つ、禅僧の詩画に現れる猫たちを忘れてはならない。「薬研堀の猫」の項でも少し触れたが、中国では猫は穀物・書物を齧る鼠を防ぐためにも重視された。日本の禅寺でもこれは同じだったらしく、中世以降、さまざまな僧侶が猫の詩を多く記している。たとえば次に挙げるのは、建仁寺・南禅寺の住持であった十四世紀の僧侶・義堂周信が猫の絵を見て読んだものである。

――猫児　母の傍らで眠る　已に歃血の気有り　言を寄するに鼠輩宜しく知るべし
真箇後生畏るべし

猫の親子が眠っている横でいたずらを始めた鼠たち、しかし猫が目覚めたあとはどうなることやら、という詩であるが、猫の親子に寄せる周信の温かな視線が思い描かれよう。

さて江戸時代になると、それまで鼠取りと愛玩用の二つの要素を備えていた猫は、太平の世の中で次第にペットとしての性格を濃くしてゆく。元禄期の戯作者井原西鶴は、『西鶴織留』の中で猫のノミ取り屋がいたと記しているが、これなど当時の猫の愛玩の具合がよく判る例だろう。料金は一匹三文、まず猫に湯をかけて洗い、それを乾かさずに狼の皮で包んでおく。するとノミが濡れたところを嫌って狼の皮に移ってくるので、ころあいを見て猫を放し、皮からノミを払い落とすというもので、西鶴はこれを「知恵の振売（思い付きのよい商売）」と分類している。

このように猫のペット化が進んだ江戸時代、彼らは俳諧・芝居・読本・随筆とあらゆるジャンルに描かれ、それを紹介するだけで軽く本一冊分になりそうなほどだ。ここではその中でも特に興味深いもののみいくつか紹介するが、まずは文化期の奇談集『耳嚢』を見てみよう。

『耳嚢』とは南町奉行根岸鎮衛が、耳にした巷説・奇談を集めたもの。ちなみに平岩弓枝の『はやぶさ新八御用帳』の主人公・隼新八郎は鎮衛配下の内与力、また宮部みゆきの『霊験お初捕物控』のお初は彼の情報収集役の町娘と設定されていることから、ご存知の時代小説ファンも多いだろう。既に岡本綺堂の「猫騒動」・光瀬龍の「化猫武蔵」が『耳嚢』にヒントを得ていると述べたが、この他にも同書には数多くの猫の怪異談が収められている。中でも面白いのは巻の六「猫の怪異の事」。ある家で飼われていた猫が、縁側の雀を狙うも逃げられてしまう。すると猫は子供のような声で「残念なり」と呟いたのである。それを聞いた家の主は驚いて猫を取り押さえ、怪しい奴めと火箸をとってこれを殺そうとする。すると猫は「物言いし事なきものを」――すなわち物を言ったことなどありませんと口走り、再度びっくりした主人が手をゆるめた隙に逃げてしまったという話。人語を話す化け猫でありながらも、どこか間の抜けたところが憎めないではないか。もっとも『耳嚢』にはこれ以外に、食い殺した老母に化けていた猫や、新参の猫ばかり可愛がる飼い主を怨み、女主の喉を食い破って自分も自殺する猫などが登場するから、やはりとぼけた化け猫ばかりでもなかったようである。

　また読本では滝沢馬琴の『猫奴牝忠義合奏』、これはいじめられている猫を助けた武士が暗殺され、猫がその死体に乗り移って仇を取るという奇妙な仇討ち話である。『南総里見八犬伝』の連想から、馬琴といえばどうしても犬好きのイメージがあるが、彼の随筆には猫を十一年間飼っていたとの記述があるから、少なくとも猫嫌いではなさそうだ。更に『猫奴牝忠義合奏』の三年後に発刊された読本『頼豪阿闍梨怪鼠伝』では妖鼠と戦う猫間一族が登場し、「夫猫は居家必用の獣なり。田夫これを養ふて稲穀を守らし、山妻これを愛して、十二時を弁ず。古人五徳を挙て賞翫いとふかし」と猫の徳を述べている。

ここで「十二時を弁ず」とあるのは、猫の瞳の大きさで時刻を知るの意で、中国ではすでに九世紀の『酉陽雑俎』にその記録がある。日本でも遅くとも中世までにはこの方法が伝来していたらしく、江戸時代の『和訓栞』には「六つ丸く、四八瓜ざね、五と七と玉子なりて、九つは針」という覚え歌が載せられている。

ちょうど馬琴と同時期には梅川夏北が『猫瞳寛窄弁』という、猫の瞳孔の収縮についての分析書を出版しているほど、当時、猫の目が時計がわりになるということは一般に知られていた。さぞ馬琴も飼い猫の目を見ながら、机に向う日々であったに違いない。

ところで馬琴が述べた猫の効用は、大田南畝の「猫賦」（『四方のあか』所収）と共通するところが多く、関連性が指摘されている。これは古今の典籍の引用が多く難解ながらも、猫への洒脱に富んだ眼差しが微笑ましい詩。一部を判りやすく現代語に直してみよう。

「動物は皆親しいものであるが、いずれも飼うのには損が多い。しかしここに一つの動物がいる。餌には飯を用い、鮑(あわび)一つ・鰹節二本で一年に足りる。顎(あご)の下に美しい毛を隠し、眼で六つの時刻を知らせる。年の初めに若水で手を洗い、七草には爪を砥(と)ぐのは恋しい妻を求める心からであろうか。この動物が涅槃図(ねはんず)に書き漏れているのは中国の詩人・屈原(くつげん)が『楚辞』に梅の詩を入れるのを忘れたようなもの。夏は牡丹の陰に眠り、胡蝶に戯れる。死して後は垣根のもとに埋められ、隣の藪(やぶ)の筍(たけのこ)の肥やしとなるというのも、また趣きのあることだ。秋にはマタタビの葉を自分の薬にと探し求め、冬が来ればかまどに入って暖をとり、まさしく灰毛の猫となるのも面白い」

　南畝が猫を飼っていたかどうかは、記録がないため不明である。とはいえ、このような詳細な観察は、身近に猫がいた者でないと不可能だろう。

——かれがかたちの虎に似たるも、そのたけくいさめるによれるや。されど虎死して皮をとゞむれども、鬼のふどしにかくばかり。むつぢの皮ハ三線となり、てなれしむかしのひざまくら。思ひの色音にひかるゝも、またやさしきかたならずや

すなわち「形が虎に似ているのは、その性質の勇猛さによるのだろう。しかし虎は死んで皮を残すというが、せいぜい鬼の褌(ふんどし)になる程度。だが猫の皮は三味線となって、昔親しんだ人の膝に抱かれ、思い出の歌を奏でるというのは、そのやさしい性質

によるのであろう」とこの詩は締めくくられている。まさか猫の死後、その皮を三味線にする飼い主はなかろうが、愛猫が三味線となって美しい音色を奏でるという構図は、なかなか風情のあるものではないか。

ところで三味線となった猫といえば、父母猫の皮が張られた三味線を子猫が慕い求める上方落語「猫の忠信（ただのぶ）」を忘れてはなるまい。この落語は周知のように、『義経千本桜』四段目「河連法眼館（かわつらほうげんやかた）」の場、親狐の皮から作られた「初音の鼓」を子狐が慕う場面のパロディで、文政・天保頃活躍したといわれる落語家・松富久亭松竹（しょうふくていしょうちく）の作。

「頃は人皇百六代。正親町天皇の御宇、山城大和二カ国に、田鼠といえる鼠はびこり、民百姓の悲しみに、時の博士に占わせしに、高貴の方に飼われたる、素性正しき三毛猫の、生皮をもて三味に張り、天に向かいて弾くときは、田鼠直ちに去るとある。わたくしの両親は、伏見の院様の手許に飼われ、受けし果報が仇となり、生皮剝がれ、三味に張られました。そのときはまだ、子猫の私、父恋し、母恋し、ゴロニャンニャンと鳴くばかり。流れ流れてその三味が、ご当家様にありと聞き、かく常吉様の姿を借り受け、当家へこそは入り込みしが、アレアレアレ、あれに掛かりしあの三味の、表革は父の皮、裏革は母の皮、わたくしはあの三味線の、子でございます」

この猫の告白そのものが、実は『義経千本桜』の台詞のもじりだが、オリジナルの狐よりもやはりこの猫の子の方が親しみが持てる。二百年も前に作られたにも拘らず、決して古さを感じさせない「猫の忠信」は、今でも人気演目の一つ。それもこれもやはり猫という素材の持つ、愛くるしさや距離の近さによる所が大きいであろう。

　さて江戸時代までの猫について、駆け足でここまで記してきた。先にも述べたように明治以降の猫たちについては専論も多いので、興味のお有りの方はそちらをご参照頂きたい。最後に江戸から明治への世の激動を背景に、緊迫した人の心を猫の生死を題材に描いた芥川龍之介の短編「お富の貞操」を紹介し、終りに代えることとしよう。

「明治元年五月十四日の午過ぎだつた。「官軍は明日夜の明け次第、東叡山彰義隊を攻撃する。上野一界隈の町屋のものは、早々何処へでも立ち退いてしまへ。」――さう云う達しのあつた午過ぎだつた」

　時はまさしく明治維新直前の上野戦争前日。物語の舞台は、彰義隊が立てこもる上野寛永寺近くの町屋である。戦を避けて住人が立ち退いたある家の台所に、置き去りにされた猫がうずくまっている。血腥い争い直前の緊迫感の中、雨音に耳を澄ましてじっと横たわる猫は、妖しいまでに静謐な姿で描かれている。そこにピストルを持った乞食が現れ、猫に声をかける。すると猫を探しに、一人の若い女が家に戻ってくる。乞食はその無謀さをなじり、女を銃で脅して自分の自由にしようとするが、彼女が思いのままにならないと悟ると、今度は銃口を猫に向ける。それを見た女は顔色を変え、打って変わって抵抗をやめるのだが、乞食はやがて「嫌悪のやうにも見えれば、恥ぢたやうにも見える色」で、逃げるように彼女に背を向ける——。

ここで登場する猫は、戦が終った後は「近代の猫」として生まれ変わるであろう最後の江戸の猫。時代の趨勢（すうせい）を決定づける戦争直前の静けさの中、対峙した二人の人物はこの猫を通して、自らの「生」、そして推移する「時代」と向かい合ったといえるだろう。

いつの世も「猫」を通じて描き出されるのは、そこに生きる人間たちの姿である。近代と比べ、江戸以前の人物については時代が隔たっていることもあり、なかなか私たちの身に迫ってくることはない。だが彼らが同じ猫好きと思えば、物語の人物達がなにやら親しみを持って感じられ、今いる猫もすでに幽界にいるであろう猫もともに時空を超え、ひとしく猫三昧境に遊ぶ心地になれるのではなかろうか。

二〇〇四年十月

解　説

内藤麻里子
（毎日新聞社　編集委員）

澤田瞳子は、食べるように小説を読んできたに違いない。

実は、本を読む姿を目の当たりにしたことがある。思い起こせば、一九九五年のことだったと思う。

お母さまの澤田ふじ子さんと連載小説の打ち合わせをすることになって、秋も半ばに京都市にある澤田邸にお邪魔した。無事話を終え、辞去しようとした時のことが今も鮮やかに目に浮かぶ。

書斎を出たところにソファセットがあり、ふと目をやれば少女が本を読んでいた。高校生くらいだったろうか。手にしていたのは、文庫本だったような気がする。ソファに足を上げ、体育座りのようなかっこうで、それはもう脇目もふらずに読みふけっていた。誰が横を通ろうが、気づきもしないほどに。

そこだけ時間が止まっているような静謐な空間があった。つかの間、見とれた。まっさらな布が水を吸い取るように本に触れている姿が好ましかった。我が道を行く、まっすぐな若さも潔い。ふじ子さんに促された少女と、ごく短い挨拶を交わした。小説かな。古典文学かも。この子は小説を書くようになるのかな。それとも研究者だろうか——などと妄想たくましくして澤田邸を後にした。その少女こそが瞳子さんだった。

いずれにしても、ひたすら本に浸っている様子からは、将来小説家とはいわないまでも何かものを調べ、書く人になるのではないかという印象が強く残った。

それから瞬く間に時は過ぎて、やはり瞳子さんは小説家になった。

ある時、直接話を聞く機会があったので、どんなふうに本を読んできたか聞いてみた。小学生から高校時代までを通じ、本ばかり読んでいた本の虫だったという。「夏休みに全く外に出ず怒られたくらい」なのだそうだ。歴史・時代小説はもとより、ライトノベル系のティーンズハートやホワイトハート、自宅にあった小説誌まで乱読し、「ミステリーからポルノまで何でも」と笑っていた。

こうして小説を浴びてきた瞳子さんが選んだ『大江戸猫三昧』が、味わい深くないわけがない。ラインアップも王道をいったり、意表をついたりしているが、こうして並べられた作品はどれもこれも面白い。いや、澤田瞳子の目を通したおかげで、我々は珠玉の猫小説に出合うことができたといえよう。

そして参ってしまうのは「解説」である。作者一人一人の時代小説のブックガイドと、その意味づけを端的に述べる手際の鮮やかさたるや、なかなかまねのできる芸当ではない。そのうえ『日本霊異記』から本書に至るまでの日本文学と猫について縷々述べていく。研究者の領域だろう。あきれるばかりの知識の広さと、あふれんばかりの歴史、文学に対する愛情をひしひしと感じる。


さて、「解説」に触れたからというわけでもないが、小説家澤田瞳子ができるまでを紹介しておこう。なぜ、彼女は研究者ではなく、小説家になったか。

子どものころ浴びていたのは小説だけではなく、テレビ時代劇もその一つ。当時はバブル期で、時代劇が盛んに放送されていた。「月曜日は『大岡越前』、火曜日は風間杜夫さんの『銭形平次』、水曜日は『鬼平犯科帳』が始まったころかな。木曜日は木曜時代劇があり、金曜日は何だったか……。土曜日が『暴れん坊将軍』で、日曜日はNHK大河ドラマです」と、立て板に水のごとく披露する。これを家族でいろいろ突っ込みながら見ていたという。

そして再度小説に触れるが、読み方も特徴的だ。好きな小説を上げてもらうとこんな具合だった。たとえば、中学か高校時代に手にした有吉佐和子の『和宮様御留』。「和宮という存在を分厚い小説にし、なおかつ説得力を持たせてしまう。御所という遠い存在をあれだけいろいろな角度から書けるのに衝撃を受けました」。読者目線の感想ではなく、書く、ということを分析した衝撃を中学、高校時代に受けているのだ。

この流れの中で、歴史に興味を持つのは必然といえるだろう。文化史学で同志社大学大学院まで修了。歴史に携わる仕事につきたくて学芸員を目指した。そう考えた根底にあるのは、今から思うと「自分の知らないことを知りたいということなんだと思う」。

博物館の学芸員のアルバイトなどをしながら、やがて学問ではないアプローチを模索する。書くということだ。これも流れの中では行き着くべきところに行き着いた感がある。ちょうどその頃舞い込んだ仕事が、本書を編む依頼だった。そう、本書の初版は二〇〇四年、今回は新装再版にあたるのである。「解説」は、小説家になる前の原稿。文筆家としてのデビュー作といってよい。

次いで「犬」「酒」に関する時代小説傑作選『犬道楽江戸草紙』（〇五年、徳間文庫）『酔うて候』（〇六年、同）、さらにはエッセイ『京都はんなり暮し』（〇八年、同）へと続く。「歴史に携わっていられれば、小説でなくてもよかった」と述懐する。けれど、徐々にこんな思いも芽生える。「自分にはこれが伝えたいという歴史があって、読者に訴えかけることができるのは小説だ」「学問としての歴史だと、証拠となる資料がないと伝えられない」。

満を持して『孤鷹の天』（一〇年、徳間書店）で作家デビューを果たす。その後の活躍はめざましい。同作で中山義秀文学賞、『満つる月の如し　仏師・定朝』（一二年、同）で新田次郎文学賞、『若冲』（一五年、文藝春秋）で親鸞賞。今後の活躍から目が離せない作家の一人になっている。

『若冲』では、超有名絵師の生涯を描いて澤田版若冲をつくりあげた。絵師像を構築するのに昨今の研究ばかりか、京都・錦市場の騒動に若冲がかかわった独自の研究成果も一役買っている。知人の大学教授にそのことを報告したら、論文を書くことを勧められたという。

けれど論文は書かないようだ。小説も、論文もではない。小説を選び取ったのだから。

二〇一七年一月

本書は2004年11月徳間文庫として刊行されたものの新装版です。なお、本作品はフィクションであり実在の個人・団体などとは一切関係がありません。

徳間文庫

時代小説アンソロジー

大江戸猫三昧

〈新装版〉

2017年2月15日 初刷

編者 澤田瞳子

著者 池波正太郎 海野弘 岡本綺堂 小松重男 島村洋子 高橋克彦 平岩弓枝 古川薫 光瀬龍 森村誠一

発行者 平野健一

発行所 東京都港区芝大門二―二―二 〒105―8055 株式会社徳間書店

電話 編集〇三(五四〇三)四三四九 販売〇四八(四五一)五九六〇

振替 〇〇一四〇―〇―四四三九二

印刷 株式会社廣済堂

製本 東京美術紙工協業組合

ISBN978-4-19-894204-5 (乱丁、落丁本はお取りかえいたします)